La Scala

WALTER VELTRONI

La condanna

Rizzoli

Pubblicato per

Rizzoli

da Mondadori Libri S.p.A.

ISBN 978-88-17-17843-3

Prima edizione: marzo 2024

Il brano citato a p. 171 è *Dove siete stata la notte del 3 giugno?* del Quartetto Cetra.

Realizzazione editoriale: Studio editoriale Littera, Rescaldina (MI)

La condanna

A Ciril, Maria, Ivanka e Darinka Kotnik

Tutti i luoghi che ho visto,
che ho visitato,
ora so – ne son certo:
non ci sono mai stato.

Giorgio Caproni

I

Il neon del bar di fronte diffonde una luce intermittente, di un rosso grossolano. Finiti gli aperitivi, o gli apericena, nella strada che vedo dalla mia scrivania non c'è più nessuno. Quella massa di ragazzi un po', ma poco, più piccoli di me – tutti vestiti uguali, tutti tatuaggi e bicchiere in mano, tutti con gli occhi che fingono allegria, tutti impauriti dal futuro – si è dileguata con la stessa velocità con la quale si era composta. Ogni sera, alla stessa ora, come le tessere di un mosaico, i giovani del quartiere, ormai un ossimoro in questo tempo di teste incanutite, affluiscono come richiamati da un pifferaio, ora denominato social, per fare quello che i loro padri, le loro madri e i padri e le madri di ogni tempo hanno sempre fatto: ritrovarsi. Per parlare, bere, mangiare, sorridere, amarsi, odiarsi, corteggiarsi, lasciarsi, litigare o diventare amici, forse per tutta la vita.

"Solo i giovani fanno così, poi ci si perde, non si ha più voglia di fare gruppo, di scoprirsi e scegliersi" penso allentando il nodo della cravatta che mi soffoca, in questa estate maledettamente calda. «La più calda da quando il mondo è stato mondo» ripetono, come ogni anno, dei giornalisti azzimati. Però è vero, non sono chiacchiere da televisione, lo si sente sulla pelle. Certe volte la testa ti scoppia per il caldo. E l'aria condizionata, che a me fa venire la sinusite, spesso non basta nemmeno più.

Oltre ad avere un pregiudizio "ideologico" sul fatto che oggi persino l'ossigeno debba essere manipolato per essere respirabile o sopportabile, l'idea di tenere tutto chiuso, porte e finestre, per "avere l'aria", mi pare un paradosso, peraltro incompatibile con la mia claustrofobia.

So che avere a ventiquattro anni sinusite e claustrofobia, per tacer delle crisi di panico e dell'allergia al latte e ai suoi derivati, mi configura come un soggetto fragile. Il che è pericolosissimo, in questo tempo spietato. Ogni piccolo difetto sanitario o psicologico, ogni incrinatura della richiesta e obbligatoria perfezione, può essere un buon motivo per metterti alla porta, per dirti che purtroppo le esigenze della Compagnia richiedono una riduzione del personale: «Dopo il Covid... dopo la guerra... dopo il crollo di Wall Street... dopo le cavallette... dobbiamo ridurre gli organici. Poi l'intelligenza artificiale, sa...».

Quella che era al mio posto l'hanno licenziata così, da un giorno all'altro. Che poi "licenziata" è una parola forte, visto che aveva solamente un contratto a tre mesi: «Si comincia sempre così. Basta entrare...».

Il capo della redazione interni, che lavora al giornale da quando è stato fondato, negli anni Ottanta, ne ha visti passare a dozzine. «Basta entrare» dicono. È una presa per i fondelli. Qui non assumono più nessuno da anni. Passano decine di ragazze e ragazzi, che arrivano in redazione con il sole negli occhi. Pensano davvero che "si comincia sempre così", che l'assunzione è alle porte. Nella mia fantasia li vedo tutti insieme, quelli che si sono succeduti in questi anni, mentre rendono omaggio al direttore e al proprietario – uno che di giornali sa quanto io di ornitologia – e dicono loro in coro, consapevoli: «*Ave, morituri te salutant*».

La ragazza che c'era prima di me è stata messa alla porta perché una volta aveva avuto una crisi di pianto per il modo in cui il direttore l'aveva trattata. Per telefono, perché da dopo il Covid, con la scusa del Covid, lui in redazione non viene mai. D'altra parte il giornale ha ridotto la foliazione e in questo grande stanzone siamo rimasti davvero in pochi. La sera lasciano me, il più giovane, perché anche loro, quasi tutti ultracinquantenni, dicono di avere, o fingono di avere, improrogabili impegni e immancabili apericene. Si vestono come i loro figli, si sentono loro coetanei, non i loro genitori. Mi sembrano dei fessi. Io il padre non ce l'ho più, ma sono certo che non si sarebbe comportato così.

Del giornale, di quello che esce o non esce, strafalcioni compresi, non gliene importa più nulla. Hanno lo stato d'animo di chi sa che il proprio mondo sta per tramontare e quindi se ne sbatte di tutto.

«Tra cinque anni i giornali saranno finiti, non lo vedi che non c'è un solo umano sotto i quarant'anni che ne compri uno? Sono stato in un'edicola, ho chiesto un quotidiano e mi hanno guardato come se fossi un marziano. E poi ora arriva l'intelligenza artificiale...»

Contano i giorni che mancano alla pensione come può farlo un condannato a vent'anni di galera. Io non li capisco. Questo giornale non sarà granché – dicono che il proprietario, che lo ha usato perché voleva diventar sindaco e non ci è riuscito, ora voglia disfarsene –, ma è comunque un oggetto che ogni mattina qualcuno compra, legge, magari ne discute il contenuto in famiglia o con gli amici.

È una cosa importante, cazzarola! Come fanno a essere tanto cinici, tanto smagati da non curarsene, da non avere amore per quelle pagine stampate ogni giorno e quegli esseri umani che credono nel nostro lavoro e quotidianamente versano un obolo, all'edicola, per pagare lo stipendio di tutti noi?

Io non ho vissuto nel velluto, per me nulla è stato facile. Mio padre faceva il maestro elementare, non il manager o il creativo digitale, e quando un giorno se ne è andato come non avrebbe voluto, un infarto proprio davanti ai suoi alunni, io ho capito che toccava a me. Avevo quattordici anni, figlio unico, mia madre segretaria in uno studio medico. Non potevo far altro che quello che ho fatto: studiare. E avere un sogno, quello che condividevo con papà. Lui mi ha insegnato che i giornali erano la messa laica, che leggerli, metabolizzarli, era l'unico modo di essere cittadini consapevoli. Per sua fortuna non ha fatto in tempo a vedere l'imbarbarimento dell'informazione, drogata dai social, e la crisi dei suoi amati quotidiani, quelli che leggevamo insieme la sera, prima di cena.

Però so che sarebbe felice di sapere che il suo unico figlio, Giovanni, ora lavora in un giornale e, quando la redazione si svuota, è responsabile di tutto quello che accade. Gli altri all'apericena e io, da solo per risparmiare, nello stanzone dello storico palazzo del centro dove si trova la sede della mia testata.

Se impazzissi potrei far uscire qualsiasi cosa. Sia chiaro, non mi lasciano qui, padrone di tutto, perché si fidano di me. No, mi hanno preso, come gli altri prima, chiedendomi se ero disposto a fare i turni di notte, per garantire la chiusura del giornale e l'aggiornamento del sito.

E io lo faccio, quello che devo fare, con tutto l'impegno e la dedizione di cui dispongo. Non voglio cedere al cinismo che mi circonda, non mi importa sapere che sono anche io uno dei "*morituri*". Io sto qui, imparo, cresco, riesco a dominare sinusite, claustrofobia, crisi di panico e faccio finta di lavorare in un giornale normale. Se succede qualcosa di importante, quando sono di turno, chiamo al telefono il caposervizio, che di solito non trovo, e poi il caporedattore, che risponde infastidito: «Che succede?», mentre sullo sfondo si sentono musiche alla moda e chiacchiere tintinnanti.

Faccio solo il mio dovere, lo devo a mio padre, che lo ha sempre fatto.

Stasera, prima di andare via, il caposervizio della cultura, Sergio Fabiani, mi ha chiamato nella sua stanza. Loro chiudono presto le pagine, sono meno esposti agli imprevisti dell'attualità, salvo lutti e incidenti.

È un uomo colto, avrà sessantacinque anni ma non sembra aver perso ancora la voglia di fare il suo mestiere, e mi piace molto la scrivania che tiene piena di libri.

Anche stasera ha fatto come sempre, ha parlato senza alzare la testa. Credo che la sua consuetudine con i romanzi sia superiore a quella con gli esseri umani. Anche questa timidezza, che molti scambiano per ombrosità, me lo rende simpatico.

E poi è l'unico, qui dentro, che sembra leggere il giornale che scriviamo.

Un giorno mi ha chiamato per discutere un piccolo articolo che avevo messo in pagina, un pezzo di cronaca. Mi ha detto che era ben fatto, ma che l'attacco era sbagliato. E aveva ragione. Questa sensibilità e questa devozione al lavoro lo rendono diverso dagli altri. Mi piaceva che avesse fatto con me quello che mio padre, fino all'ultimo respiro della sua vita, ha fatto con i suoi bambini: insegnare. Una parola che sembra una bestemmia, in questo tempo frenetico e immobile. Invece, quanto è bello incontrare dei maestri, nella vita!

Fabiani qualche giorno fa mi ha chiamato, nella sua stanza semibuia, e mi ha detto solo:

«Giovanni, tra un po' devo, o meglio voglio, fare una pagina sul caso Carretta, mi trovi la documentazione?».

«Certo, gliela cerco subito.»

Non riesco, anche se dovremmo considerarci colleghi, a dare del tu a una persona tanto più grande di me.

Sono uscito dal suo ufficio e mi sono reso conto, con imbarazzo, che non avevo avuto il coraggio o l'onestà di dire la verità: che io non so assolutamente chi sia questo Carretta.

2

Mercoledì scorso Fabiani è venuto alla mia postazione di lavoro. Era verso sera, in quell'ora mediana, nelle redazioni dei quotidiani, in cui si scrive. È troppo tardi per fare le riunioni di impostazione del giornale, troppo presto per scegliere i titoli della prima pagina. I redattori sono curvi sui computer e battono sulla tastiera gli articoli che la sapienza del "sistema editoriale" collocherà nello spazio giusto, con la giusta misura e con un titolo, scelto dal caposervizio, che immancabilmente dirà il contrario del testo dell'articolo. Ma spesso i redattori neanche se ne accorgono più.

Secondo Fabiani ormai tutti sanno che così va il mondo, sanno che il loro superiore gli dirà: «Ho dovuto forzare un po' il titolo altrimenti non si faceva leggere, e non otteneva abbastanza click sul sito» e, in generale, sono abbastanza disinteressati all'esito del proprio lavoro. Controllano l'IBAN il 27, non si sa mai, e non hanno più la speranza che la qualità di un loro pezzo sia notata dal direttore di un giornale concorrente che un giorno li possa contattare per sapere se siano interessati a cambiare testata.

Fabiani dice che ormai il giornalismo è in surplace. E,

quando ha capito che non sapevo a cosa si riferisse, ha scosso la testa.

«Di che anno sei tu?»

«Del duemila» gli ho risposto.

Mi ha guardato come fossi un triceratopo e poi, sempre più sconsolato, ha sibilato:

«Dovrebbe essere impedito per legge, nascere dopo il Novecento. C'è gente che va in galera per molto meno. Avevi un anno alle Torri gemelle, non ti vergogni?».

Mi sembrava scherzasse, ma non ne ero tanto sicuro. Per cui ho pensato bene di smarmellare il sorriso più di circostanza che il mio repertorio contenesse e di scuotere, imbarazzato e colpevole, la testa. Ho confessato il reato, almeno così uscivo dalla contesa "Novecento versus Duemila" nella quale stavo stretto, anche per ragioni gerarchiche.

«E sai cosa è o era il surplace? Giovanni, negli anni Cinquanta e Sessanta, quando forse neanche i tuoi – che vergogna! – erano al mondo, uno degli sport più popolari in Italia era il ciclismo. Roba forte, per gente dura. Si massacravano su quelle salite, con le strade del dopoguerra, fatte di polvere più che di asfalto. Pioveva, faceva freddo, grandinava e loro correvano. Ritti sui pedali se erano in montagna, curvi sul manubrio se rotolavano in discesa. Era uno sport per gente disposta a soffrire, per contadini e operai, per muratori e minatori. Parlavano dialetti meravigliosi e avevano voglia, e necessità, di pedalare nella vita. Il Giro d'Italia era importante come e più del campionato di calcio. Ma non meno importanti erano le corse su pista. Si facevano al Vigorelli di Milano o al Velodromo di Roma – almeno di questi hai sentito parlare? Facciamo finta che non te l'ho chiesto, è meglio. Insomma esisteva una specialità chiamata "velocità" in cui i più forti erano gli italiani e i francesi. Noi avevamo Maspes, Gaiardoni, Beghetto, Bianchetto, Pettenella.

Il più forte dei francesi era, con rispetto parlando, un ciccione che si chiamava Rousseau, come il filosofo. Il suo avversario, nei campionati nazionali, era un certo Roger Gaignard, che invece era piccolo e aveva fatto anche l'acrobata nei circhi d'oltralpe. Il loro allenatore, in Nazionale, era uno che si diceva fosse stato addirittura l'amante di Edith Piaf.»

Fabiani si è fermato, come avevo temuto facesse, e mi ha chiesto, senza cattiveria, con tono paterno:

«Tu sai chi era Edith Piaf, no?».

A scuola ero bravo. Sapevo, e se non sapevo imbastivo. Le parole mi sono sempre corse veloci, non mi sono mai mancate. Ma stavolta sentivo che avrei fatto bella figura. Fabiani si sarebbe ricreduto sulla mia generazione, avrebbe capito che per noi, o almeno per molti di noi, il mondo non comincia col numero duemila.

Io Edith Piaf sapevo benissimo chi fosse, cazzarola!

Avevo visto, ma non avrei mai svelato la fonte, il film con Marion Cotillard.

Ho fatto lo splendido, come se parlassi di mia sorella:

«Certo, grande cantante, storia di vita dolorosa, marito pugile morto in un incidente aereo, una vita tribolata, ma un enorme talento».

Fabiani mi ha guardato come facevano i professori quando pensavano avessi imparato la lezione a memoria, non ammettendo che io le cose le potessi sapere e le dicessi anche bene.

«Citami almeno due canzoni, visto che sai tutto di lei» ha detto con uno sguardo che avrebbe meritato due baffetti alla Clark Gable. Per la cronaca, so anche chi era Clark Gable.

«*La vie en rose* e *Non, je ne regrette rien*.»

La colonna sonora del film la sapevo a memoria, l'avevo consumata su Spotify.

Fabiani è rimasto sorpreso e da quel momento la sua stima nei miei confronti, precipitata agli inferi con la mia ignoranza sul ciclismo, è risalita vistosamente.

«Bravo. Torniamo al surplace. La sfida della velocità su pista avveniva tra due concorrenti. Per sorteggio uno dei due doveva condurre nel primo giro. Terminato il quale, l'obiettivo dell'apripista era quello di farsi superare dal suo avversario. Infatti nel giro successivo, che si sarebbe concluso con lo sprint, era molto meglio stare dietro per usufruire della scia di chi conduceva.

La tecnica per ottenere questo risultato era fermarsi nella parte alta della pista e restare immobile sulla bicicletta. Non si poteva mettere un piede a terra, non ci si poteva muovere per più di venti centimetri in avanti o indietro. Una volta due grandi ciclisti italiani restarono così per un'ora e tre minuti e noi, al televisore, li guardavamo. Senza consultare un cellulare, con gli occhi attaccati a quei muscoli immobili. Per un tempo infinito. E intanto fantasticavamo, come succedeva nei momenti più produttivi della nostra vita, quelli della noia. La noia totale, assoluta, infinita. Quando non resta altro che immaginare, progettare, sognare. Fellini si doveva annoiare molto, da ragazzo. E anche Calvino.

Voi vi annoiate correndo e affondate il vostro disagio nell'alcol che mandate giù come fosse acqua minerale. Guardati intorno, ora, qui. Siamo circondati dai "fintallegri" degli apericena.

Il surplace, la più assurda e anacronistica tattica in una gara che si chiama velocità. Pensa ora una cosa del genere. Oggi non esiste più il concetto di sospensione del tempo. Nulla si ferma, tutto deve scorrere veloce e violento, come le moderne alluvioni, le moderne grandinate.

Voi fate più cose, noi certamente meno, ma ce le gustavamo fino in fondo. Invece voi sbocconcellate la vita, passando da albero ad albero. Le notizie le scorrete, noi le leggevamo. Scrivete "perché" con la x al posto di per. Persino i messaggi vocali che vi scambiate li mandate a doppia velocità. Ma perché?

Dove cazzo correte? Se è vero, e forse è vero, che il mondo va verso la sua estinzione, che ragione c'è di avere tanta fretta? Godetevi il tempo, assaporate la vita. Goethe aveva inventato una espressione contro questa bulimia del tempo di vita, la definiva "velociferina", inventando una crasi tra *velocitas* e *lucifer*. La fretta è del diavolo, sembrava dire. E io, forse perché invecchio, la penso come lui. Ora che dovrei avere fretta di fare, ho voglia di rallentare per vedere.

Tu sei un ragazzo di qualità. Non solo per come scrivi, si capisce che hai letto e non solo "scrollato" – tanto è vero che sai chi è Edith Piaf –, ma per il modo in cui ti vesti, in cui gesticoli, con quel movimento delle mani a includere, per le parole che usi e, specialmente, per quelle che non usi.

Dei tanti che sono passati da qui, alcuni usando il tempo per farsi i selfie in redazione, altri contando i minuti che mancavano alla fine del turno, tu sei quello che ha più talento o più serietà, due cose che non sempre vanno insieme, ma se ci riescono...

Quindi preparati che ti vesserò. In questo andare alla deriva del nostro piccolo giornale, io voglio resistere. Voglio continuare a divertirmi inventando pagine, servizi. E tu, se sei d'accordo, diventerai il mio Billy Budd.»

«*Billy Budd* di Melville? Gran libro» ho detto io con sicurezza.

«Appunto... C'è una scena, in quel libro, che mi ha sempre colpito. Quando il giovane Billy Budd, gabbiere della nave *Indomitable*, viene accusato di ammutinamento. A portarlo davanti al giudizio del capitano Vere è un maestro d'armi autoritario, spregiudicato e invidioso dell'allegria di Billy.

Di fronte a un'accusa ingiusta, il ragazzo non riesce a dire le cose giuste, si inceppa per l'emozione e la rabbia. Il capitano, che dovrà decidere del suo destino, gli dice solo due parole.

Quelle che oggi io dico a te.

Due parole, essenziali.

"Con calma."»

3

«Con calma» dice.

Però mi ha dato solo quattro giorni per consegnargli le note sul caso Carretta. Ho fatto la prima cosa che mi è venuta in mente: ho consultato Google.

Mi sono chiesto, mentre battevo le otto lettere sulla tastiera, come si lavorasse prima. Qualcuno dei più anziani mi ha detto che nei giornali di un tempo esisteva una funzione importantissima, quella dell'archivio. Si componeva un numero telefonico interno e, dopo poco, sulla scrivania appariva una magica busta, di solito marrone, in cui erano raccolti tutti gli articoli pubblicati dal giornale, ma anche da altri, sul tema, sul fatto, sul personaggio.

Il che presupponeva che l'archivista di turno avesse compulsato ogni organo d'informazione, avesse scelto con cura gli articoli, li avesse divisi per tema, ritagliati e collocati nella giusta cartella, una tra migliaia. Ne dedussi che l'archivista, figura apparentemente secondaria, era una colonna portante dei vecchi giornali. Doveva essere coltissimo, aggiornato, preciso fino alla maniacalità. E gli archivi erano una risorsa esclusiva, ogni giornale aveva il suo.

Ora invece tutti attingono a una sola fonte, Google,

che usando gli algoritmi colloca in ordine gerarchico le notizie, in modo che si sia portati a consultare sempre quelle più cliccate.

Tutto freddo, algebrico, quantitativo.

D'altra parte, quanti sono gli utenti di una ricerca che vanno oltre le prime due pagine?

Io sono tra quelli. Mi piace cominciare dalla fine, trovare i riferimenti più bislacchi, i pulcini neri del tema, quelli che nessuno considera e giacciono così, quasi inanimati. E mi piace pensare che, per effetto di quella mia ricerca, saliranno di una pagina, forse due.

In fondo, nella vita, i vincitori sono fastidiosi, illuminati dalla propria boria. A me piacciono i nascosti, gli ultimi, gli sconfitti. Mi sembra ci sia più profondità, più grandezza nel dolore di uno sconfitto che nell'esultanza di un trionfatore. L'uno è portato a guardarsi dentro, l'altro a sfoderare un sorriso che nasconde la tronfia certezza di avere fatto tutto bene, di non dover cambiare nulla.

Uno, lo sconfitto, si muove per cercare la ragione del fallimento. L'altro, il vincitore, sta fermo, busto di marmo di se stesso.

Io sono stato banale, nella ricerca, lo ammetto. Ho optato per il metodo più facile e un po' me ne vergogno.

Il primo riferimento, the winner, è un articolo di «Open», un bel sito di informazione, il mio preferito insieme a «Il Post» e a quello di «Internazionale».

Parla di una storia del 1989. Undici anni prima che io nascessi. Per questo quel cognome non mi diceva nulla. È una storiaccia di cronaca, di quelle che mi fanno un po' paura.

Uno dei libri più belli che abbia mai letto è *A sangue freddo* di Truman Capote. Un romanzo che in realtà era una specie di feuilleton, uscito a puntate sul «New Yorker». Capote aveva inventato un nuovo modo di raccontare: era stato sul luogo di una rapina degenerata nello sterminio di una famiglia, aveva ascoltato i testimoni, incontrato gli assassini, e aveva narrato la storia, un semplice fatto di cronaca, con lo stile del romanziere.

Difficile capire se fosse giornalismo o narrativa. Io decisi, avevo sedici anni, che era la forma più alta di cronaca, quella che trasforma la descrizione della realtà, senza alterarla con l'immaginazione, in un racconto capace di catturare e di emozionare.

La freddezza della realtà raccontata con il calore del romanzo.

La perfezione assoluta.

La storia di Ferdinando Carretta forse avrebbe potuto essere scritta proprio così.

Storia efferata, violenta, però molto affascinante dal punto di vista narrativo.

La famiglia Carretta era composta da quattro persone: il padre Giuseppe, che all'epoca aveva cinquantatré anni, la madre Marta, di cinquanta, il figlio Nicola, sembra tossicodipendente, di ventitré e Ferdinando che, nel 1989, era ventisettenne.

Una sera Ferdinando entra in casa e uccide padre e madre a colpi di pistola. Poi aspetta il ritorno del fratello, del quale teme la forza fisica. Gli spara una prima volta e poi lo finisce, centrandolo in un occhio. Nasconde i cadaveri in bagno, ripulisce con attenzione la casa e poi getta i corpi in una discarica. Falsifica le firme del padre e del fratello, va in banca e ritira cinque milioni dal conto del primo e uno da quello del secondo.

Seguendo un piano diabolico, lascia il camper di famiglia in un parcheggio di Milano.

L'automezzo verrà trovato grazie alla segnalazione di un ascoltatore della trasmissione *Chi l'ha visto?*. I carabinieri arriveranno durante la puntata e, in diretta, lo perlustreranno.

Il magistrato che si occupa del caso è Antonio Di Pietro, che non crede alla tesi corrente della famiglia che ha abbandonato Parma magari perché, come si dice, il padre avrebbe sottratto ingenti somme alla ditta presso cui lavorava come ragioniere.

Ho trovato un ritaglio su «La Stampa» del 30 novembre di quell'anno in cui il magistrato dichiara:

"Non sta in piedi, si era ventilato addirittura di una cassetta di sicurezza con dentro quattro miliardi. A parte il fatto che la ditta lo smentisce, e non c'è ragione di non crederci, lo smentisce anche la logica: quale azienda tiene bloccata una simile cifra in una cassetta di cui può disporre un dipendente? E poi perché Carretta non si è preso i suoi soldi? Non aveva quattro lire, aveva 200 milioni".

Sempre in quell'articolo si parla di cinquanta segnalazioni giunte agli inquirenti in cui i dichiaranti sostengono di aver visto la famiglia Carretta a Parma o nei più svariati luoghi d'Italia.

Suggestioni accese dalla risonanza mediatica del caso e dal fatto che, in effetti, la circostanza che un'intera famiglia si fosse volatilizzata proprio il giorno in cui aveva deciso di partire per le vacanze lascia sgomenti e accende le fantasie più incredibili.

Di Pietro non crede neanche alla certificazione dei tre posti riservati per la famiglia Carretta su un volo per Bridgetown che arriva agli inquirenti. La British Airways, consultata, smentisce di aver emesso quei biglietti.

I giornalisti corrono in Venezuela e alle Barbados in cerca dei Carretta. Qualcuno crede di vedere anche il più giovane, Nicola, in un ippodromo. La foto, sbagliata, sarà sulla prima pagina di un quotidiano locale. Un ristoratore italiano in Venezuela dice addirittura di aver visto la famiglia Carretta nel 1992.

Un delirio scatenato dal putiferio informativo. Le persone sembrano vedere quello che non c'è.

I Carretta, infatti, giacciono silenziosi in una discarica.

Tutto resta così, fino a un giorno del 1998. Ferdinando Carretta viene casualmente fermato dalla polizia a Londra. Sta facendo il pony express e ha commesso un'infrazione stradale. L'Interpol ha il nome sui suoi terminali e lo segnala alla magistratura italiana.

Ma non saranno gli inquirenti a trovare la verità.

Sarà un giornalista, Giuseppe Rinaldi, accorso lì per intervistare il giovane Carretta. Parla con lui per giorni, lo porta a pranzo e a cena fuori.

«Per la prima volta un pasto caldo» dice Ferdinando al reporter, e a tarda sera si libera del suo peso.

Davanti a quest'uomo, all'improvviso, il ragazzo rivela con lo sguardo freddo e vuoto:

«Ho preso quell'arma da fuoco e ho sparato ai miei genitori e a mio fratello».

Lo ripeterà poi davanti a una telecamera accesa, e la confessione andrà in onda, mentre gli italiani cenano, il 30 novembre 1998.

Lo cattura la televisione, in tutti i sensi.

4

Ho visto più volte quella confessione e ogni volta mi fa una grande impressione. È stato bravissimo il giornalista, al quale lo Stato dovrebbe un riconoscimento, ma lui, Carretta, è sconcertante. Alterna espressioni di autentico dolore, che potrebbero essere interpretate o scambiate per un sincero ravvedimento, alla freddezza con cui parla della dinamica dell'assassinio. Rinaldi di *Chi l'ha visto?* gli domanda se i suoi genitori gli avessero fatto qualcosa.

Lui risponde di no.

Lo incalza domandandogli se ci fosse stata una lite.

Lui risponde di no.

Dice che è stato un atto di follia, di follia completa.

Poi il suo sguardo cambia:

«I corpi sono rimasti nell'appartamento, ho cercato di cancellare ogni traccia pulendo tutto».

«Erano svegli?» gli chiede il reporter.

«Sì» risponde.

«Se ne sono accorti?»

«Certo.»

«Sono rimasti sorpresi?»

«Sì, sorpresi. Certo, certo, certo.»

Cambia ancora espressione, Ferdinando.

«Non si può scappare dal passato. Ritorna sempre.»

Rivolto a Rinaldi aggiunge:

«Mi ha dato un grande sollievo parlarne con te. Non avrei pensato di riuscire a tirarlo fuori. Ti sei mostrato una persona sensibile, quasi uno psicologo».

Ma, dopo aver detto che con i suoi genitori non c'erano problemi, cambia improvvisamente direzione.

«I miei problemi cominciano da giovanissimo, giovanissimo. E si deteriorano sempre di più col passare del tempo. Poi succedono fatti particolari con mio padre, scontri... La colpa era soltanto mia. Mio padre non aveva nessuna colpa. In quell'estate del 1989 io ero completamente pazzo, pazzo.»

Credo che Fabiani non si accontenterà di sapere come sono andate le cose. Vorrà sapere il perché. E anche io; in fondo lui aveva la mia stessa età, era un ragazzo come me.

Un mio zio, lo zio Corrado, faceva il cronista di nera, negli anni Settanta. Andava nei posti dove c'erano stati omicidi e la prima cosa che faceva era entrare in casa della famiglia e chiedere una foto dell'assassinato.

A casa ripeteva sempre, dondolando la testa sfiduciato, la frase di Clint Eastwood in *Per un pugno di dollari*: «È uno sporco lavoro, ma qualcuno lo deve pur fare».

Il suo modello era un giornalista dei fumetti con i quali era cresciuto, un certo Teddy Sberla, un tipo piccolo piccolo, in continuo conflitto con il suo direttore.

Mio zio mi ha iniziato alla magnifica arte del giornalismo. Mi ha insegnato le parole chiave del suo mestiere, le uniche cinque che conosceva in inglese: *Who*, *Where*, *When*, *What*, *Why*.

Per lui, che le aveva apprese dai vecchi della redazione, erano quelle, le cinque domande a cui qualsiasi articolo doveva rispondere: chi, dove, quando, che cosa, perché.

Fabiani è certamente di quella scuola.

Devo dargli di più, devo rispondere all'ultima domanda: *why*?

Perché mai Ferdinando Carretta prima dice di non aver avuto problemi con i suoi e poi invece rivela che sono cominciati quando era giovanissimo? E che per questo aveva ingaggiato scontri con suo padre?

Mi metto a cercare. Internet stavolta non basta, bisogna superare la schiuma delle onde e andare in profondità.

Servono gli archivi dei giornali e qualche libro.

Finalmente, in *Delitti privati*, il testo di una giornalista de «Il Messaggero» e poi de «il Fatto Quotidiano», Rita Di Giovacchino, trovo per la prima volta una spiegazione credibile.

Credibile, ma terribile.

La riporto nella nota per Fabiani:

"Il racconto che Ferdinando rese allo psichiatra apre uno spiraglio sull'inferno che il giovane aveva vissuto per anni.

'Tutto è cominciato nel 1973, io avevo soltanto 11 anni quando abbiamo cambiato casa e siamo andati a vivere in via Rimini. Era una casa molto bella, bellissima, e papà aveva fatto tanti sacrifici per comprarla, loro erano felici di stare lì. Ma io no. C'era un rumore continuo che veniva dalla strada e questo, questo, ecco... mi impediva di defecare... non avevo la sensazione di essere solo. Ma di essere in mezzo a tutta quella gente.'

Era l'inizio di una ossessione psicotica che con il passare degli anni si aggravava.

'Se non riuscivo a defecare... mi gonfiavo tutto. Ecco, mi si gonfiava la faccia e s'ingrossava anche il culo. Stavo malissimo.'

Con l'adolescenza le cose si complicarono, perché l'ossessione si estese alla sfera sessuale.

'Più mi si ingrossava il culo, più mi si rimpiccioliva il pene. Quando riuscivo a farla andava meglio, anche per l'attività sessuale.'

Ferdinando, per verificare il funzionamento della propria sessualità, si masturbava in continuazione, fino a tre volte al giorno. Ma più il tempo passava e più diventava difficile gestire il *problema*. Ha ormai 13 anni, quando riesce a trovare un escamotage: la fa di notte, quando tutti dormono, nel salotto, ovvero la stanza più lontana dai rumori della strada. Il ragazzino stende dei fogli di giornale in terra e la fa lì. Fino alla sera fatidica in cui il padre lo scopre. Forse è questo l'incidente che cambia la vita di Ferdinando e segna il destino della famiglia. 'Non sai cosa ti faccio se ti ritrovo a farlo un'altra volta' gli grida il padre.

Lui era come un bambino piccolo, il padre lo aveva scoperto, aveva chiamato anche la madre. Nel salotto di casa si era celebrato una specie di processo e il colpevole era stato condannato a una pena esemplare.

'Da quel momento era come se mio padre mi impedisse di andare di corpo.'

Il suo segreto era stato svelato, la sua piccola strategia

di sopravvivenza era fallita, lui forse non sarebbe sopravvissuto. 'Il fragile equilibrio tra il suo mondo delirante e la realtà familiare si era spezzato definitivamente' scrisse lo psichiatra Andreoli nella perizia.

'Io questo lo ammazzo' aveva pensato Ferdinando tante volte durante le liti con il padre, e aveva covato il progetto omicida tra sé per anni e anni. La madre era più comprensiva, quando trovava traccia delle sue masturbazioni ossessive non diceva nulla. Sorprende che questi genitori, di fronte a manifestazioni così estreme di disagio, non si siano rivolti a un medico, abbiano sottovalutato i sintomi di un'insorgente malattia psichiatrica.

Con il passare degli anni i disturbi invece di attenuarsi si aggravarono, il ricordo della scena madre era ricorrente negli incubi notturni del ragazzo. Ferdinando faceva sogni agitati: 'Mio padre era lì alle mie spalle e nel momento in cui defecavo m'infilava un ago e mi bloccava, se avessi defecato l'ago sarebbe salito su e mi avrebbe bucato'. La sindrome peggiorava con il tempo, Ferdinando aveva problemi anche per urinare. Non usa praticamente più il bagno: fa pipì in alcuni bicchieri o vasi per i fiori che si trovano nel salotto e poi li svuota.

Quando Ferdinando sterminò la famiglia aveva ventisette anni, quattordici in più rispetto al ragazzino sorpreso a defecare in salotto: quattordici anni trascorsi nella disperazione più totale. I genitori, almeno stando al suo racconto, sembravano non essersi mai accorti della gravità dei suoi malesseri. Anche perché erano tutti presi dalla tossicodipendenza dell'altro figlio che assorbiva totalmente la loro attenzione. Ferdinando si era sentito ancor più rifiutato e l'acquisto del camper ebbe per lui una valenza simbolica, perché il veicolo era in grado di ospitare non più di tre persone. La partenza per il Marocco era stata effettivamente progettata, ma non prevedeva la sua presenza.

'Vedevo la situazione senza uscita, potevo andare ovunque ma non sarebbe cambiato nulla. Avevo pensato di andarmene, ma poi non so cosa avrei fatto se non risolvevo il problema. Torno e li ammazzo tutti, mi dicevo, era l'unica via d'uscita.'"

Mi sconvolge che in questa storia ci sia solo sofferenza, ovunque. Il turbamento di questo bambino, la droga del fratello, il camper con tre soli posti, i genitori piegati dal dolore e incapaci di affrontarlo.

E persino la fine di tutto è tragica. Ferdinando Carretta esce dall'ospedale psichiatrico e progressivamente riconquista la sua libertà, quella che aveva tolto per sempre alla sua famiglia, quando era "pazzo".

Vende la sua quota della casa di famiglia e ne acquista una a Forlì, dove inizia a lavorare per una cooperativa sociale.

Il 1° giugno 2023, mentre la città fa i conti con i danni e le devastazioni dell'ennesima alluvione, viene trovato il corpo di Ferdinando Carretta. È riverso a terra, nel suo appartamento. È lì da tre giorni, nessuno si è accorto che quell'uomo non esiste più. È un vicino a chiamare la polizia.

Muore da solo, come ha sempre vissuto. Tra turbamenti, violenza, rabbia, rimorso.

Solo.

Ecco, ora ho finito il mio lavoro. Ho risposto alle cinque W.

Ho anche capito perché Fabiani mi ha chiesto questa nota. Facendo i conti ho realizzato che quest'anno è il trentacinquesimo anniversario della strage.

I giornali gongolano per le ricorrenze. Sono l'occasione per incrociare, nei racconti, passato e presente, qualcosa che ai lettori piace molto. Anche a me, che mi sono appassionato a questa storia che finora mi era sconosciuta.

Sono orgoglioso del mio lavoro, quando lo deposito sulla scrivania di Fabiani. Lui solleva un po' la testa, ma poco.

«Ah, la nota su Carretta. Bravo, hai fatto presto. Siediti.»

Sa benissimo che non ci sono sedie, basterebbe che ogni tanto alzasse lo sguardo oltre i fogli di libri, articoli, documenti e se ne accorgerebbe.

Mi sento di nuovo uno studente all'esame, mentre lui sfoglia, pagina per pagina, il mio scritto. Mi sembra che ora abbozzi un sorriso, e non capisco cosa lo faccia ridere, in questa storia.

Ecco, ora ha finito. Sto in piedi da un quarto d'ora. Ha compulsato il mio testo con pazienza.

Finalmente solleva la testa, non si sorprende che non sia seduto, e mi dice solamente poche parole. Davvero poche.

«Ottimo lavoro, Giovanni. Davvero. Una storia incredibile. Il problema è che non è lui il Carretta del quale ti avevo chiesto.»

Mi sento morire, sbianco. Sono confuso, faccio per allontanarmi.

Sento la sua voce che sembra volermi fermare.

«Davvero un buon lavoro. Ma quella di cui ho bisogno è una nota su Donato Carretta, un fatto orribile del 1944. Sai, quest'anno è l'ottantesimo... Rimettiti al lavoro.»

Mentre sto per lasciarlo mi dice, con il tono di un padre:

«Quando non sai qualcosa, non chiedere a Google, parla con qualcuno. È sempre meglio».

5

Quando sono arrivato al giornale, in tarda mattinata, ho trovato sulla scrivania un pacchetto. Dalla forma, la mia inestimabile sagacia ha dedotto, con godimento, che doveva trattarsi di un libro. Il genere di regalo che preferisco.

Ho portato nel monolocale dove abito i libri che aveva papà. Non tanti: dei romanzi, specie italiani e classici, qualche saggio storico. Era quello che poteva permettersi. Lui diceva sempre che avrebbe voluto diventare ricco solo per comprare migliaia di libri, riempire le pareti di casa, affogare nell'odore misterioso e inebriante delle pagine stampate.

Frequentava assiduamente la fornita biblioteca comunale che si trovava vicino alla nostra casa, dove passava molto tempo. Era un uomo piccolo di statura, dolce, pieno di senso dell'umorismo, uno di quegli italiani che la vita se l'era faticata. Mi ha avuto tardi, quando lui e mamma avevano ormai perduto le speranze di mettere al mondo il figlio che avevano sognato fin da quando si erano messi insieme, ragazzi, durante un concerto di Ivan Graziani alla Mole Adriana.

Papà aveva quarantatré anni, mamma trentanove e questo figlio tardivo, prodotto di tanti sforzi, cure, serate trascorse a parlarne e sognarlo, fu, nella nostra casa, un terremoto di felicità. Papà raccontava sempre che la sera in cui sono venuto al mondo, lasciata mamma in ospedale, aveva addosso una tale adrenalina che cominciò a correre per Roma. Non era uno di quelli, tutti perfettini, che facevano jogging, tuta alla moda e cuffiette; no, lui correva così com'era, con la giacca d'ordinanza, la cravatta da maestro, le scarpe da passeggio. Correva a perdifiato sul lungotevere, scomposto e felice, sorridendo alle persone che incrociava e che forse pensavano dovesse prendere un autobus.

Quando sono davanti ai suoi libri penso sempre a quella corsa e alla mattina in cui, avevo quattordici anni, la professoressa di matematica fu chiamata improvvisamente in presidenza. Noi ne approfittammo per fare un po' di casino. Era l'8 marzo, le ragazze avevano la mimosa sulle orecchie e io ne avevo portato, senza farmi vedere dagli altri, un rametto a Loredana, la mia preferita, quella di cui ero segretamente innamorato da quando l'avevo conosciuta al catechismo. Mi sembrava inopportuno dichiararmi mentre il prete ci faceva discorsi sulla castità, e tutto, in preparazione della comunione, doveva essere rivolto al Supremo. Io, però, in maniera molto più terrena, mi perdevo negli occhi di quella ragazza bruna, con dei capelli ricci che non finivano mai e un sorriso timido che turbava le mie notti di adolescente in preda alle prime, devastanti, tenere, tempeste ormonali. Quando la porta si aprì e il rumore piano piano si spense, come in una dissolvenza, mi sembrò che il volto dell'insegnante fosse livido, come virato seppia. Lei fece scorrere lo sguardo tra i ragazzi che tornavano disordinatamente ai loro banchi, ma in azione non era il radar delle interrogazioni, quello che ha come colonna sonora l'odioso «Venga...». Era una ricerca afflitta, preoccupata, preoccupante, tesa. I suoi occhi si fermarono dove non avrebbero dovuto, su di me. La sua voce si fece tenera, troppo.

«Giovanni, puoi venire in presidenza?»

Tutti si voltarono a guardarmi e quella fu una violazione della mia timidezza. Non sapevo cosa fare. La professoressa lanciò la sua ultima stilettata e disse, con lo stesso tono troppo flautato: «Prendi tutto, Giovanni».

Nella classe si fece un silenzio insopportabile, e io sentivo di essere nell'ultimo posto del mondo in cui avrei voluto trovarmi: al centro dell'attenzione di tutti. Fu mentre riponevo nello zaino i libri e i quaderni che passai in rassegna ogni possibile ragione di quell'improvvisa convocazione.

Per questo, quando la professoressa, tenendomi un braccio sulla spalla, mi accompagnò fuori dall'aula, non mi sorpresi di vedere lo zio Corrado, che non sorrideva. Anzi.

Mi guardò, non sapeva come cominciare. Lo aiutai, gli volevo bene. Dissi solo: «Papà?». Lui abbassò la testa e sostituì sulla mia spalla il suo braccio a quello della professoressa, anticipazione del peso che da quel momento avrei dovuto portare.

Papà si era sentito male mentre stava spiegando ai ragazzi della quinta elementare – «una classe di ragazzi molto svegli» diceva sempre a cena – il valore delle parole.

Me lo raccontò lo zio Corrado mentre mi portava a casa. Quando arrivammo al portone trovai tanta gente. Mamma era in ospedale, ma c'erano i vicini di casa e molti bambini che erano venuti con i genitori a farmi sentire meno solo, secondo loro.

Io odiai tutti, volevo solo raggiungere la mia stanza e starmene un po' da solo a piangere, cazzarola!

Tutti, meno una. Una bambina con i capelli rossi che mi si avvicinò, forse la mamma la sospingeva, e mi disse, emozionata:

«Questo è il libro che tuo padre ci stava spiegando, è ancora aperto alla pagina di cui ci stava parlando...». Poi guardò la madre dietro di sé, per avere conferma che stesse facendo quello che avevano concordato, e aggiunse, come se prima lo avesse dimenticato: «... Gli volevamo bene».

La ringraziai, presi il libro di cui mi ricordai solo dopo aver consumato tutte le lacrime di cui disponevo. Mi ero chiuso nella stanza, aspettavo solo che mamma tornasse. Lo zio, che aveva esperienza di quelle situazioni, rispettava il mio bisogno di star solo.

Vidi il volume che avevo scaraventato, entrando, sul letto e lo aprii esattamente dove la bambina, o la mamma, aveva inserito un segnalibro.

Lo conoscevo. Lo avevo notato, nella libreria di mio padre. Mi aveva colpito perché era il più consumato, tra i testi di pedagogia. Il dorso aveva delle piegature, sembravano rughe, che ne attestavano il grado di utilizzo. Il titolo mi piaceva. *Grammatica della fantasia* di Gianni Rodari.

Lessi le righe che lui aveva sottolineato, e immaginai la sua voce mentre parlava ai bambini. Ero certo che non le avesse lette testualmente. Infatti la bambina, nel consegnarmelo, non aveva mai detto che lo stava leggendo. Ha detto: «Il libro che ci stava spiegando».

Non dubitavo che avesse fatto capire quel testo, con le sue parole:

"Una parola, gettata nella mente a caso, produce onde di superficie e di profondità, provoca una serie infinita di reazioni a catena, coinvolgendo nella sua caduta suoni e immagini, analogie e ricordi, significati e sogni, in un movimento che interessa l'esperienza e la memoria, la fantasia e l'inconscio e che è complicato dal fatto che la stessa mente non assiste passiva alla rappresentazione, ma vi interviene continuamente, per accettare e respingere, collegare e censurare, costruire e distruggere".

Le parole, la grammatica, la fantasia, le analogie, i ricordi, i significati, i sogni.

Soldi non ne aveva tanti, mio padre, ma era questa, in definitiva, l'eredità che lui mi lasciava.

6

Apro il pacchetto che ho trovato sulla scrivania, la carta con cui è stato confezionato è strana. Ci sono, su sfondo rosso, degli orsetti bianchi come sospesi nell'aria, tutti sorridenti.

All'interno trovo, per prima cosa, un lungo biglietto:

"Scusami per ieri. Hai fatto comunque un ottimo lavoro, che girerò, se li trovo, a quelli della cronaca. Ma non hai sbagliato tu, sono stato impreciso io. Arrivato a casa mi sono vergognato di averti fatto sentire in colpa. Ho abusato della mia posizione. E allora ho pensato di farmi perdonare così. Regalandoti un libro che io considero fondamentale per chi vuole fare il nostro lavoro.

È il racconto che Norman Mailer – dimmi che sai chi era – scrisse sull'incontro di pugilato che si svolse nel 1975 a Kinshasa tra – dimmi che sai chi erano – Muhammad Ali e George Foreman. Lui partì, guardò e scrisse. Giornalismo che diventa narrativa. O il contrario. E, a proposito di incipit, leggiti quello del capitolo XVI, quando racconta il post match. Buona lettura.

Poi, se ti va, ne parliamo. E, ti prego, dammi del tu.

Non sono un magistrato o un ambasciatore. Sono un tuo collega, solo un tuo collega.

Fabiani".

Guardo il titolo, mi sembra bellissimo: *The Fight*. Semplice e chiaro, eleva con tre lettere un incontro di pugilato a *l'incontro* della storia. Basta un articolo e tutto cambia. Lo sfoglio e mi accorgo che Mailer parla di sé in terza persona, si rende personaggio, diventa, nel racconto, "Norman". Volo al capitolo che Fabiani mi ha indicato. Inizia così:

"Per i giornalisti il combattimento era appena incominciato. Dovevano entrare nello spogliatoio di Ali. Ma l'accesso al suo spogliatoio diventò un'esclusiva di Norman, la sua prima esclusiva. In seguito non fu mai in grado di rendersi conto di come avesse fatto a entrare, anche se l'essersi fatto avanti in tempo a furia di robusti ed esperti spintoni in mezzo al plotone di soldati davanti alla porta doveva averlo aiutato. Bisognava spingere abbastanza forte per avanzare, ma non tanto forte da farsi appioppare un calcio di fucile fra le costole: il suo magnifico sforzo finale gli permise d'introdurre una gamba dietro a un grassone che non aveva mai visto prima di allora".

Folgorante, in effetti. In poche righe sappiamo dove e quando siamo, chi c'è, cosa succede, perché.

Zio Corrado si sarebbe sentito certamente appagato.

Alzo la testa e vedo Fabiani che mi guarda, dalla sua postazione. Ha sempre un sorrisino sul volto, ma stavolta è diverso. Sembra pieno di attesa, forse di timidezza, ma certo non è beffardo come quello di ieri.

«Grazie, Fabiani, non dovevi... Non hai sbagliato tu.

Come mi hai detto giustamente ieri, io avrei dovuto chiedere, non affidarmi alla superficialità della rete. Avrei dovuto fare le cose "con calma", come Billy Budd... Grazie davvero, mi hai commosso. Leggerò il libro.»

Lascio una sapiente pausa e poi dico, con aria furbina: «Già mi era piaciuto *Il nudo e il morto*...».

Fabiani continua a sorridere, come rassicurato, due volte rassicurato: non ce l'avevo con lui e sapevo chi era Norman Mailer.

Tra poco c'è la riunione. Credo ci saranno solo lui e quel malcapitato del caporedattore, nella stanza dove si dovrebbero tenere gli incontri dei capiservizio. Per una ragione o per l'altra sono tutti giustificati a non presenziare.

Io capisco lo smart working negli uffici, ma un giornale, cazzarola, si fa discutendo, accapigliandosi, sbagliando, ricominciando, smontando e inventando. Lo si fa insieme. I giornalisti sono come le api, si aiutano e rispondono a una gerarchia dolce, al culmine della quale c'è una regina, la ricerca della verità, e non un re, il direttore.

Il nostro re, sovrano stanco e sminchionato, compare solo nella forma di una voce sempre più distratta. Me lo immagino mentre parla con la stanza vuota delle riunioni. Lo vedo seduto sulla tazza mentre fa pipì o sdraiato sul divano con una copia della «Settimana Enigmistica» appoggiata sul ventre pingue.

La sua voce risuona nella redazione deserta e lui si limita a chiedere se ci sono problemi e, comunque, invita a non crearne. Se ci fosse almeno il collegamento via Skype o Zoom, che però lo costringerebbe a una postura più presentabile, potrebbe vedere, il sedicente direttore, l'espressione dei pochi presenti alla sua ennesima richiesta di – si raccomanda con calore – non fargli telefonare da ministri, parlamentari, amministratori delegati.

Io invece penso che il mestiere di un giornale sia proprio quello, raccontando la realtà, di creare problemi, discussioni, di far ragionare, appassionare. Ma io non conto niente. Posso solo fare il mio lavoro e aspettare che mi licenzino. Sono un'ape operaia, nulla di più. Sento Fabiani che propone, specificando che pure non è il suo ambito, inchieste sulla penetrazione della camorra nel litorale, ma il direttore lo smonta risolutamente mentre, mi sembra, si sente in lontananza il rumore dello sciacquone.

La riunione, sempre più breve, finisce ingloriosamente. Fabiani esce dalla stanza; spento il collegamento con il direttore e i capiservizio, dice al caporedattore, un gran brav'uomo con problemi di alcolismo: «E pure oggi il direttore ci ha dato la linea: cosa mettere sul giornale? Niente. Avanti così».

Nel rientrare alla sua postazione fa un gesto, quasi senza guardare. D'altra parte ci sono solo io nello stanzone e allora mi alzo e lo raggiungo.

«Donato Carretta era il direttore del carcere di Regina Coeli. Andò per testimoniare contro il questore di Roma nel processo che si svolse al palazzo di Giustizia nel settembre del 1944. C'era tanto caos, troppa gente. L'udienza fu sospesa e delle persone presenti lo indicarono come un fascista torturatore. In poche parole fu linciato e ucciso. Il suo corpo appeso alle finestre di Regina Coeli. Un caso di giustizia popolare o, meglio, di ingiustizia popolare, nell'Italia in piena guerra civile.»

Mi dice tutto di getto, come se lo avesse preparato e come se fosse un dettato a uno studente. Io lo prendo così finché lui, dopo una pausa, aggiunge una cosa che mi fa trasalire.

«Giovanni, all'inizio pensavo tu dovessi fare una nota utile perché io scrivessi l'articolo che, nelle mie intenzioni, prenderà due pagine del giornale. Invece, dopo aver letto il tuo lavoro su quell'altro Carretta, ho deciso che lo scriverai tu. Non c'è fretta, l'anniversario è a settembre. Ma voglio un bel pezzo, sarà il tuo esordio sulle pagine della cultura, le uniche, lo dico senza falsa modestia, che siano presentabili nel quotidiano del nulla che ogni giorno propiniamo ai nostri eroici lettori. L'articolo lo scriverai sulla base della nota che mi consegnerai e della quale discuteremo tu e io, a fondo. È un tema delicato e non puoi, non devi sbagliare. Il primo articolo sulle pagine culturali è come il primo amore: non si scorda mai. Buon lavoro.

Oh, Giovanni, io sono qui. Lavora "con calma" e, se non sai, chiedi.»

Fabiani chiude la conversazione con un sorriso che conosco.

Mi ricorda quello di mio padre quando, io ero un ragazzo, mi consigliava la lettura di questo o quel libro.

7

Questa volta, per cercare Carretta, quello giusto, non ho cominciato dalla rete, non ho googlato, non ho attinto a Wikipedia. Ho fatto come mio padre e come lui mi aveva insegnato da bambino. Sono andato in biblioteca. Non in libreria, in biblioteca. Come quando facevo le ricerche da studente. Se non c'era in casa un libro sufficientemente esaustivo sulla Rivoluzione francese, io non andavo in un negozio per acquistarne i due volumi del Mathiez-Lefebvre. Per la semplice ma invalicabile ragione che in famiglia non avevamo i soldi, non potevamo permettercelo.

Le biblioteche sono invece un paradiso accessibile a tutti, anche a chi ha meno possibilità. Luoghi fantastici, fatti di rigorosi silenzi, di tuoi coetanei che cercano qualcosa che forse gli sarà utile per tutta la vita. E lo fanno compostamente, in punta di piedi.

Nelle biblioteche non squillano i cellulari, salvo quelli dei maleducati; non ci sono i messaggi vocali ascoltati a tutto volume o a doppia velocità, non si parla, come sui treni, a squarciagola della dissenteria della bambina o dell'investimento finanziario fondamentale da concludere al più presto.

Silenzio, ragazzi, libri.

Questo si trova nelle biblioteche.

I luoghi che tanto piacevano a Borges, a Umberto Eco, a Beniamino Placido. Li conosco, questi tre, perché papà li amava sopra tutti e spesso, la domenica, ci costringeva a sedute nelle quali declamava i brani delle loro opere in cui parlavano della bellezza dei libri e dell'eden che li conserva: le biblioteche.

Per papà quella era, con i quotidiani, la preghiera laica della nostra famiglia. La faceva avvenire, per rispetto delle messe domenicali alle quali mamma andava con meticolosa regolarità, subito prima o subito dopo la presenza di sua moglie in chiesa.

Per un laico come papà, che non aveva la fortuna della fede, l'equivalente del calice con il sangue di Cristo era l'immensità della cultura, la maestosità di quelle colonne di volumi che scalano il cielo o affondano nel ventre della terra, il profumo di quelle pagine ingiallite ma non divorate dal tempo; la fatica, il sudore autentico, di chi quei volumi li ha, nel tempo, scritti, stampati, consegnati, venduti, conservati.

E letti.

A questo proposito ricordo che trovai fantastica una pagina di Eco che papà ci lesse una domenica in cui ricorreva la Pasqua. Mamma aveva appena posato sul tavolo un ramoscello d'ulivo, si era seduta sul divano pronta a sentire la dissertazione del marito che aveva atteso con impazienza che lei rientrasse. Una volta fatto silenzio papà, con aria divertita, lesse queste parole. Nell'ascoltarle mi resi conto che avevo inopinatamente lasciato scorrere le immagini del videogioco, *Fifa 2013*, sul quale avevo ingaggiato, senza alcuna chance, una gara di finale della Champions tra la mia squadra e quella del computer.

Eco, con la voce di mio padre, mi stava impartendo una lezione di vita:

"Naturalmente il bibliofilo, anche chi colleziona libri contemporanei, è esposto all'insidia dell'imbecille che ti entra in casa, vede tutti quegli scaffali, e pronuncia: 'Quanti libri! Li ha letti tutti?'. L'esperienza quotidiana ci dice che questa domanda viene fatta anche da persone dal quoziente intellettivo più che soddisfacente. Di fronte a questo oltraggio esistono, a mia scienza, tre risposte standard.

La prima blocca il visitatore e interrompe ogni rapporto, ed è: 'Non ne ho letto nessuno, altrimenti perché li terrei qui?'. Essa però gratifica l'importuno solleticando il suo senso di superiorità e non vedo perché si debba rendergli questo favore.

La seconda risposta piomba l'importuno in uno stato d'inferiorità, e suona: 'Di più, signore, molti di più!'.

La terza è una variazione della seconda e la uso quando voglio che il visitatore cada in preda a doloroso stupore. 'No' gli dico, 'quelli che ho già letto li tengo all'università, questi sono quelli che debbo leggere entro la settimana prossima.' Visto che la mia biblioteca conta cinquantamila volumi, l'infelice cerca soltanto di anticipare il momento del commiato, adducendo improvvisi impegni".

E ancora:

"Ora, cos'è importante nel problema di accessibilità degli scaffali? È che uno dei malintesi che dominano la nozione di biblioteca è che si vada in biblioteca per cercare un libro di cui si conosce il titolo. In verità accade sovente di andare in biblioteca perché si vuole un libro di cui si conosce il titolo, ma la principale funzione della biblioteca, almeno la funzione della biblioteca di casa mia e di qualsiasi amico che possiamo andare a visitare, è di scoprire dei libri di cui non si sospettava l'esistenza, e che tuttavia si scoprono essere di estrema importanza per noi. Ora, è vero che questa scoperta può essere data sfogliando il catalogo, ma non c'è niente di più rivelativo e appassionante dell'esplorare degli scaffali che magari riuniscono tutti i libri di un certo argomento, cosa che intanto sul catalogo per autore non si sarebbe potuto scoprire, e trovare accanto al libro che si era andati a cercare un altro libro, che non si era andati a cercare, ma che si rivela come fondamentale".

Ho chiesto alla bibliotecaria di indicarmi, guidato dallo spirito sbarazzino e colto di Eco, lo scaffale dedicato agli anni del fascismo e della Liberazione.

Esistono, in genere, due tipi di bibliotecarie: il primo è composto da ragazze, carine e intelligenti, che amano i libri e sperano, un giorno, di scriverne uno o di spiegarne il contenuto a comunità studentesche attente. La seconda tipologia ha a che fare con donne sulla cinquantina che spesso non sono riuscite né a scrivere libri né a insegnare a ragazzi famelici di sapere, ma non per questo hanno smesso di amare i libri. Li conoscono, li proteggono, li venerano.

Io, se posso scegliere, al bancone delle richieste prediligo il secondo tipo. Mi danno più sicurezza, quelle anime dedicate da anni alla cura del sapere collettivo.

Lo scaffale in questione è enorme. Alto e lungo. Mi aspettano diverse ore da trascorrere qui. E ne sono felice. Il tempo si sospende e si allunga. Un'ora passa molto più lentamente della stessa quantità di minuti trascorsi a scrollare insulse esibizioni digitali di egolatria venale e pasticciona. Qui il silenzio e la devozione per l'oggetto che ci ha tutti convocati distendono i secondi, li rendono stringhe impermeabili alla concitazione del mondo briccone e rumoroso che si agita oltre le pareti.

È un universo a parte, la biblioteca. Certe volte, seduto a uno dei tavoli di studio, alzo lo sguardo e osservo con commozione la meticolosa precisione delle bibliotecarie – del primo e del secondo tipo –, il candore degli universitari che compulsano pagine fondamentali per la loro formazione, la tenerezza con la quale i pensionati ricercano volumi nella speranza che li aiutino a ricordare qualcuno o qualcosa delle stagioni del loro vivere.

La biblioteca dove vado di solito ha grandi pareti vetrate oltre le quali fluisce convulsamente il mondo regolare, quello che balla, al tempo giusto, la roboante e ansimante rumba di questo millennio.

In quei momenti, in quel silenzio, guardando quelle persone che Borges avrebbe definito "i Giusti", penso che non è la biblioteca, il mondo a parte.

È quel casino che c'è là fuori, il mondo a parte.

8

La bibliotecaria – leggo sulla targhetta che porta sul petto il suo nome, Irene M. – mi raggiunge dicendo che ha trovato dei riferimenti che possono essere utili per la mia ricerca. Si arrampica su, fino al quinto scaffale della libreria, ed estrae un titolo.

«Ecco, questo fa per te.»

Mi dà del tu, come fosse una mamma o una sorella maggiore. Ma è un "tu" premuroso, non uno di quelli sciatti e frettolosi che ormai tutti si scambiano come fossero caramelle. Mio padre mi ha insegnato a dare del lei a tutte le persone più grandi di me. Mi diceva che il tu era consentito fra coetanei, fra colleghi di lavoro, e fra persone che si conoscono bene. Mi sono sempre attenuto a queste prescrizioni.

Irene ha un foglietto in mano e si muove veloce tra piani e scaffali, come un'ape nell'alveare. Nella rapidità dei movimenti è racchiusa tutta la sua dimestichezza con quei titoli, con quei volumi. Va veloce, perché sa.

Man mano che li sfila dalle colonne di dorsi in bella vista, me li passa. Alla fine ne conto sette. Bastano e avanzano.

Irene acconsente alla mia richiesta di portarli a casa, le ho spiegato dove lavoro e a cosa mi servono. Io, nell'uscire, con quella magnifica sporta di storia tra le mani, mi sento appagato.

Arrivo nel mio appartamento e rovescio con cura il contenuto della borsa di stoffa sul tavolo.

È una bella mattinata, i romani sono per lo più in vacanza, la strada è silenziosa, si sente persino in lontananza il suono delle campane di una chiesa. Qualcosa di lunare, ormai. Faccio partire sul computer un brano di Charlie Parker e preparo un bel caffè con la macchinetta scassata che mi ha regalato Loredana, la mia compagna di classe delle medie, poi collega di università che prima di me, meglio di me, si è laureata in giurisprudenza. In realtà lei mi ha passato la sua usata, «così non sprechiamo», ma a me va bene. Oggi quell'anima appesa, fatta di plastica e di acciaio, ha però sfornato il più buon caffè della terra.

Sole, caffè, musica nel silenzio dei rumori malvagi. Cosa si può desiderare di meglio?

Il volume che richiama la mia attenzione è il primo che Irene ha fatto precipitare dall'alto tra le mie mani. È un saggio del professor Gabriele Ranzato pubblicato prima che io nascessi, nel 1997, dall'editore il Saggiatore. Il titolo è: *Il linciaggio di Carretta. Roma 1944*. E il sottotitolo recita: *Violenza politica e ordinaria violenza*.

La foto in copertina riproduce in bianco e nero l'immagine di una donna con un medaglione al collo; indossa un vestito scuro e punta il dito contro un uomo piccolo di statura, affiancato, forse protetto, da un carabiniere e da un militare. La scena trasmette un senso di concitazione, di rabbia. La donna inveisce verso questa massa di capelli pieni di brillantina, lui sembra agitare una mano per difendersi da quel dito che si trova a pochi centimetri dalla sua faccia. Le persone attorno, giovani degli anni Quaranta, sembrano sorprese, qualcuno, persino distratto da altri eventi, guarda altrove.

Ho finito prestissimo di leggere il libro, l'ho divorato. È una storia "pazzesca", aggettivo usato a profusione dalle voci smodate dei cellulari avvolti da sgargianti coperture.

Siamo nel 1944, a settembre. Roma è stata liberata da tre mesi. L'Italia lo sarà tra sette. Hitler è ancora al potere, Mussolini si è rifugiato al Nord, protetto dai nazisti, e celebra stancamente quel rito macabro che sarà la Repubblica sociale.

Gli italiani sono divisi, sospesi. Le ferite della dittatura, dei bombardamenti, della fame, della guerra civile sono ancora tutte aperte.

Solo due mesi prima, a luglio, sono state esumate le vittime delle Fosse Ardeatine. Verranno trovati trecentotrentacinque corpi, ammassati in colonne che raggiungono il metro e mezzo di altezza. Trentanove sono decapitati e si capisce subito che quei poveri cristi non sono stati uccisi, come si pensava, con raffiche di mitra. Ma uno a uno, con un colpo di pistola alla testa.

La mattina del 18 settembre, è un lunedì, la città si risveglia con le notizie contrastanti sugli sviluppi della guerra. Secondo i giornali del Nord, editi sotto il ferreo controllo della Repubblica sociale e dei comandi nazisti,

Hitler sta scatenando "vigorosi contrattacchi tedeschi su tutto il fronte occidentale" mentre il «Corriere di Roma», che nei giorni successivi alla liberazione sostituisce «Il Messaggero» per segnare una discontinuità con il passato regime, titola: *Gli alleati si avvicinano a Colonia.*

Roma è piena di sole, al Tevere la gente va a fare il bagno.

Ma in quelle ore la città tutta ribolle, specie per l'attesa del primo processo ai fascisti nell'Italia libera.

A finire alle sbarre per essere giudicato è il questore di Roma, Pietro Caruso. Insieme a lui il suo segretario, Roberto Occhetto.

Un mese prima di quella mattina di settembre, l'11 agosto 1944, il nuovo questore di Roma, Morazzini, aveva inviato all'Alto Commissario per la punizione dei delitti e degli illeciti del fascismo, Mario Berlinguer, padre di Enrico, una "Denunzia a carico di Caruso Pietro, fu Cosimo e di Pisanti Giuseppina, nato a Maddaloni il 10 novembre del 1899, già questore di Roma durante la dominazione nazista".

Ho trovato questo documento in un altro vecchio libro, *Il processo Caruso*, scritto da Zara Algardi e pubblicato nel 1944 dall'editrice Darsena, sita in via Savoia 27 a Roma.

Ora è tra le mie mani, con la sua scolorita copertina rossa. Comincia con queste parole, contenute nell'introduzione al libro vergata da Salvato Cappelli:

"Pietro Caruso pesò per mesi sulle nostre notti, si insinuò in centinaia di migliaia di famiglie, corruppe i portieri, puntò i mitra contro vecchi commissari disgustati, spedì in Germania, instancabile, treni sempre più numerosi di condannati alla deportazione [...] scalò rifugi, infranse le porte dei conventi. Vivo fu solo il nostro odio per Caruso: e in questo odio vissero le vedove, le figlie, le madri, le sorelle dei cinquanta martiri prescelti per l'ecatombe delle Fosse Ardeatine: in questo odio vivemmo tutti noi, pazientemente. Un odio che giungeva a Caruso per un transfert imponderabile; egli era vicino a noi, era nella stessa città nostra, e l'orrore per il suo 'duce' si trasferiva tutto su di lui, e i nostri istinti di giustizia per lui assumevano finalmente una portata effettiva, reale, visibile".

È questo il clima nel quale si apre quella giornata di settembre. È con questo spirito che, di buon mattino, donne e uomini di Roma si vestono e raggiungono il palazzo di Giustizia della città, un edificio per la cui costruzione ci vollero, tra il 1889 e il 1911, ventidue anni di lavori e costi spaventosi che indussero il Parlamento a costituire una commissione d'inchiesta. Da allora i romani, per questo, cominciarono a chiamarlo "il Palazzaccio". Lionello Venturi ne giustiziò l'estetica massiccia, ridondante e invadente dicendo: "Il palazzo di Giustizia del Calderini è una massa di travertino in preda al tetano". In quella sede il Tribunale speciale del fascismo aveva celebrato per decenni le sue udienze e comminato le sue spietate pene.

Il fatto che proprio tra quelle mura si tenesse il primo processo contro i fascisti era un esorcismo liberatore o la prova lampante di una continuità che sarebbe durata per un tratto della storia repubblicana?

Nel caos di quei giorni, con l'animo pieno di sospetti

e di odio, sono centinaia i romani che alle sette di mattina raggiungono l'ingresso del Palazzaccio. Sono tanti, troppi.

Nessuno di loro ha mai visto in volto l'oggetto del proprio odio: il questore di Roma Pietro Caruso.

Mai una sua foto è stata pubblicata, su nessun giornale.

9

"Dice che" è un'espressione tanto popolare quanto micidiale. Esiste da sempre, in fondo. In latino, alla terza persona, suonava solenne: "*Dicunt*". Non si sa chi dica quella cosa che migra di bocca in bocca e, a ogni passaggio, cresce in credibilità e autorevolezza. Informazioni senza autore, senza padre. Quella mattina, tra le persone che si accalcano davanti ai cancelli chiusi del Palazzaccio, è tutto un fiorire e un moltiplicarsi di "dice". Dice che il processo verrà rinviato, dice che Caruso sarà condannato a pene lievi, dice che Radio Fascista ha assicurato che l'udienza non avrà luogo, dice che Pavolini, il segretario della lugubre ridotta fascista del Nord, ha minacciato la fucilazione di quaranta partigiani se Caruso dovesse essere condannato a morte.

"Dice", dicono tutti. E, correndo appresso a quelle notizie senza padre certo, gli animi si fomentano. Il caldo, l'affollamento, il tempo da occupare sono solo bollitori di una rabbia più profonda, più radicale.

Una rabbia che sembrerebbe solo politica, un regime finisce e una nuova stagione inizia, ma è molto di più. Quegli stessi italiani che avevano creduto in Mussolini, che gli avevano affidato il proprio destino individuale e collettivo, che lo avevano seguito anche dove sapevano non era giusto andare – il delitto Matteotti, le leggi speciali, la campagna per la difesa della razza, la guerra e l'occupazione nazista – ora covano contro di lui, in fondo contro loro stessi che lo hanno applaudito per vent'anni, una rabbia profonda. Una parte di loro aveva capito e il fascismo lo aveva combattuto. Qualcuno lo aveva frequentato, altro non c'era, e poi se ne era allontanato. E aveva onestamente lavorato, e talvolta sacrificato la propria stessa vita, per distruggerlo.

L'odio per certi protagonisti di quel regime, i gerarchi furfanti arricchiti, le spie e i torturatori, dominava quei giorni. È naturale fosse così.

Ogni romano aveva pagato un prezzo. Roma era una città più piccola, per abitanti ed estensione, di oggi. Le famiglie erano numerose, spesso legate tra loro. Migliaia di persone avevano dunque sofferto dolore per le perdite, in guerra e nella dittatura. Ogni comunità contava qualcuno caduto al fronte, durante i bombardamenti, alle Fosse Ardeatine, nelle carceri naziste di via Tasso o in quelle gestite dalla banda Koch, di via Romagna 30 e di via Principe Amedeo 2.

In molte di queste situazioni di mezzo c'era sempre Pietro Caruso.

A Trieste, il capo della polizia del regime, Tullio Tamburini, gli affida il compito di razziare l'oro che era stato denunciato come proprietà da orafi e commercianti. Caruso è particolarmente efficiente e in tre mesi porta a compimento l'opera.

A febbraio del 1944, a titolo di gratitudine, lo nominano questore di Roma, perché evidentemente gradito ai nazisti che occupavano la città.

Appena assunto il ruolo viene coinvolto in una operazione di rastrellamento che, nelle stesse parole da lui pronunciate durante l'interrogatorio dell'8 agosto tenuto nei locali dell'infermeria chirurgica di Regina Coeli, si trasforma in una comica:

"Pochi minuti dopo il mio insediamento ricevetti ordine dal Generale comandante la Città aperta di recarmi immediatamente in via Nazionale per dirigere un rastrellamento di uomini che i tedeschi avevano ordinato e stavano effettuando. Appena giunsi in via Nazionale, però, fui io stesso rastrellato e caricato su un camion, a bordo del quale mi fecero raggiungere la caserma 'Macao' dove rimasi un paio d'ore...".

Il rastrellatore rastrellato. Come l'*arroseur arrosé* dei fratelli Lumière. Uno spicchio di grottesco in una immane tragedia.

Perché Caruso è sodale e protettore delle bande criminali di Pietro Koch e di Giuseppe Bernasconi, il peggio del peggio. Bande che utilizzano la delazione e sequestrano, torturano e uccidono gli oppositori del regime. Per farlo, Koch riceve dal capo della polizia uno stipendio di due milioni di lire al mese. Due milioni, mentre Roma soffre sotto i bombardamenti e insegue un po' di olio e di burro per sfamare i più piccoli.

L'altro, il Bernasconi, è un furfantello, un millemestieri. Uno che dopo il 25 luglio gira per Roma vestito da alpino e con un braccio al collo sperando che il travestimento e l'inesistente ferita gli evitino ritorsioni. Questi due tipi e la banda di Bardi e Pollastrini, che ha sede direttamente a Palazzo Braschi, dove opera la "Federazione dell'Urbe" del fascismo, terrorizzano Roma, coperti dalla Questura di Caruso e dal comando nazista.

Ho chiesto ad Arnaldo, un mio collega di università – in fondo siamo una rete permanente di relazioni che funziona –, se lui, che lavora all'Archivio di Stato, mi poteva trovare qualcosa che riguardasse la banda Koch, qualcosa di poco conosciuto, che potesse risultare utile per l'articolo che avrei dovuto scrivere.

Qualche giorno dopo mi ha fatto avere il testo della testimonianza resa in tribunale nel 1956 dal giornalista Giulio Alonzi, vicedirettore del «Corriere della Sera». Arnaldo ne ha selezionato degli stralci.

"Un pugno al fianco destro mi scaraventa sul pavimento. Faccio per rialzarmi, ma una tallonata mi arriva sul rene destro. Un urlo si smorza nella mia gola, mi pare di svenire, non capisco se il dolore che sento viene dalla parte colpita o dal cervello. Due dita mi afferrano il lobo dell'orecchio destro e torcono. Adagio, adagio. Ma la torsione continua fino a quando la mano che la provoca può girare su se stessa. Il dolore si fa atroce, prende tutti i nervi della testa. Sento dire: 'È un fachiro'. Ridono. Cessa la torsione del lobo ma subito un pugno tra l'orecchio e l'occipite mi sbatte ancora sul pavimento. Ho nelle orecchie un ronzio tanto forte che, per qualche minuto, è come se fossi sordo. Sto per rimettermi sullo sgabello, ma sempre quella mano mi afferra e mi fa rimettere in piedi.

Mentre riprendo l'equilibrio un altro colpo sul fianco destro, dal basso in alto, quasi mi solleva da terra. Mi sentii sollevare di peso, feci mezza piroetta e ricaddi a capofitto. Se non fossi stato pronto a salvarmi con i gomiti, la testa mi si sarebbe spezzata. Sghignazzavano. [...] Koch si rivelava uomo di poche parole e di scarsa fantasia. Ripeteva sempre le cose già dette. Sentii come una pistolettata e andai a sbattere con la testa sui piedi di qualcuno. Un pugno mi era arrivato tra l'orecchio e la mascella destra. Un dente spezzato si rivoltava tra la lingua e il palato, tra saliva e sangue."

La citazione l'ho trovata nel libro *La banda Koch* di Massimiliano Griner, dal quale Arnaldo mi segnala il contenuto del testo della sentenza di condanna della Corte d'Assise nei confronti della banda Koch. L'accusa è di aver provocato "lesioni con sevizie, e cioè – oltre a formidabili pugni, schiaffi e calci – anche mediante bastoni di legno e di ferro, anche a spirale intrecciata e retrattili, nonché frustini e nervi di bue, fustigazione dei testicoli. [...] Reclusione in un pertugio detto 'Il Buco' strettissimo ove rimanevano legati in due l'uno all'altro e appesi, digiuni, in Roma, nella pensione Jaccarino; pulizia del pavimento con i propri gomiti del proprio sangue; trasporto del corpo per le scale tenendolo per i piedi, sì che il capo cadeva battendo su ogni scalino, colpi formidabili alla regione cardiaca, o al centro dello stomaco; colpi precisi agli occhi o alle orecchie per provocare cecità o sordità; colpi alla mascella diretti a svellere i denti, strappo di baffi o capelli; semicerchio di ferro alla fronte con due punte di metallo alle tempie; telaio in legno che comprimeva il corpo contro una striscia chiodata; riempimento della bocca con peli del pube strappati al pube del detenuto stesso [...] uso di docce gelate e bollenti; colpi appositamente inferti nelle parti ove il detenuto presentava malattie locali; lancio del corpo in aria o verso un muro a capriola; minacce di denudare una detenuta o di introdurle un bastone nei genitali...".

E poi c'è lo strazio delle torture subite dal tenente Giglio. Lui, in rapporto con l'intelligence alleata, aveva allestito una radiotrasmittente che comunicava in codice informazioni alla V armata americana. Messo nelle mani di Koch perché parlasse e confessasse tutti i suoi legami, Giglio fu sottoposto ad atroci sevizie, spaventose sevizie.

Ma non parlò.

E finì alle Fosse Ardeatine.

10

Ma chi è il tenente Giglio? Perché Caruso e Koch si accaniscono contro questo ragazzo, infieriscono con tanta ferocia su di lui?

Nei libri che ho consultato ho trovato un riferimento preciso, che rimanda a un'altra delle orrende attività per le quali Caruso doveva essere tristemente noto in città.

La sera del 3 febbraio 1944 Caruso viene chiamato dal vicecapo della polizia Travaglio. La definizione che il questore Morazzini ne fornisce, nella sua denuncia contro Caruso, è senza mezze misure:

"Essere impastato dalla più crassa e pomposa ignoranza nascosta dietro la più feroce e ingiustificata severità".

Cosa accade quella sera? La banda Koch era dotata di un sacerdote le cui generalità sembravano estratte da *Il nome della rosa*: don Epaminonda Ildefonso Troya.

Sempre Morazzini lo descrive così:

"Era uno dei più feroci delatori, il *deus ex machina* di quasi tutte le operazioni di arresto e non disdegnava di provare ogni tanto i suoi muscoli contro i malcapitati che venivano trascinati nella pensione rilevata da Koch".

Don Epaminonda al mattino dice messa e subito dopo

si sguinzaglia per le strade alla ricerca, facilitata dalla sua tonaca, di informazioni utili per l'attività del suo dante causa, il famigerato Koch.

Quella notte, tra il 3 e 4 febbraio, don Epaminonda si precipita verso il portone chiuso della basilica di San Paolo gridando: «Al soccorso!». Quando il padre addetto alla portineria apre il portone, fanno irruzione decine di persone armate che arrestano sessantacinque esseri umani, per lo più militari, che si erano nascosti lì.

È una gravissima violazione dell'extraterritorialità della Chiesa cattolica, prevista dallo stesso Concordato del 1929. Un prete al servizio dei torturatori, altri sacerdoti che ricoverano chi si oppone al regime.

In questa scena è raccontato, per intero, il bivio nel quale si è trovata la Chiesa, in quei giorni bastardi. Un bivio nel quale si è persa. Lo dimostra, ne ho letto in questi giorni, l'atteggiamento ambiguo, per non dire omissivo, di Pio XII che dei forni crematori di Auschwitz era stato informato, eccome.

È di nuovo il questore Morazzini a raccontare il ruolo di Caruso in questa vicenda:

"Si era dato a malmenare, sotto gli occhi esterrefatti dei Reverendi Padri della Basilica, percuotendoli e ingiuriandoli".

Il vicefederale del fascio, avvocato Serafini, presente non si sa perché all'operazione, scorge il tenente degli agenti Maurizio Giglio mentre, con una piccola macchina fotografica, scatta immagini di questa scena allucinante. Giglio, sempre la denuncia di Morazzini lo testimonia, "viene privato della sua minuscola macchina fotografica, ingiuriato e malmenato dai criminali Caruso, Pizzirani, Koch e Bernasconi".

Lo lasciano libero evidentemente per mettere le mani sulla sua rete di relazioni. Lo arrestano poi il 17 marzo e lo torturano per giorni.

Questa ricerca mi sta appassionando, non ci dormo la notte, ormai. Mi sembra di vivere quel tempo, di essere precipitato in quell'atmosfera cupa, notturna, invernale. In quel labirinto di intrighi, delazioni, sospetti che ogni dittatura costruisce e che rafforza spasmodicamente quando sta per tramontare.

E la figura di Maurizio, che aveva anche lui la mia stessa età, mi è diventata compagna.

Guidato da Arnaldo, ho trovato la trascrizione di una trasmissione radiofonica del 1971 in cui la sorella di Giglio parla con Sandro Pertini, che dopo sette anni diventerà presidente della Repubblica. È un dialogo struggente, che mi ha fatto amare ancora di più la figura di questo tenente Giglio, nato nel 1920 a Parigi, laureato in giurisprudenza, volontario nella campagna di Grecia, ferito in combattimento e decorato con la medaglia di bronzo al valor militare. Doveva essere stato uno dei tanti giovani che, dopo l'8 settembre, non avevano esitato a schierarsi con l'antifascismo. Giglio, d'accordo con gli alleati, riesce a infiltrarsi nella polizia della Repubblica sociale, diventa informatore militare e organizzatore del fronte clandestino.

Ricorda Pertini:

"Era un giovane simpaticissimo, ricco di umanità, generoso, bello in tutto, ed è stato veramente un eroe della

Resistenza, un eroe dimenticato quasi che dovrebbe essere ricordato di più. Egli lavorava con me, con Giuliano Vassalli, con Franco Malfatti, con Peppino Gracceva, si è sacrificato e ha affrontato la morte con molta fierezza. Lei sa che era in comunicazione con una radio trasmittente con gli Alleati e fu scoperto in un galleggiante sul Tevere, fu arrestato. Noi, Saragat ed io, eravamo evasi da Regina Coeli e i tedeschi cercavano noi e cercavano soprattutto me. Kappler e Dollmann chiedevano l'indirizzo mio a suo fratello che si rifiutò, pur sapendo dove io ero, dove ero alloggiato e con chi mi incontravo. Tacque sempre tutto questo. Ebbene, lei forse non sa che strapparono le unghie dei piedi a suo fratello, una per una. Fu portato in barella alle Fosse Ardeatine e, quando tutti i morituri giunsero, Kappler si curvò su suo fratello e gli chiese: 'Vuoi darci l'indirizzo di Sandro Pertini, ci vuoi dare quelle informazioni che ti abbiamo chiesto?'. E suo fratello, che ormai era sfinito, fece un cenno con la testa, ma molto energico, dicendo che non voleva, non intendeva rispondere. Allora Kappler diede l'ordine che fosse gettato nel mucchio degli altri e con la barella e tutto lo gettarono nel mucchio di coloro che poi sarebbero stati fucilati. Questo è suo fratello".

Il 12 ottobre 1943 Giglio aveva scritto ai suoi genitori:

"Avrei voluto rivedere Roma altrimenti ma per ora non è possibile; l'ora ancora non è venuta ma scoccherà presto e se la mia vita dovesse servire a qualcosa, senza stolte o vane retoriche, sarei ben lieto d'averla utilizzata per un fine di codesta specie.

Il mio pensiero costante vi ha sempre accompagnato:

papà tu a Bologna; Anna, mamma, Pupetta voi a Roma. Miei cari, carissimi, sono sempre stato con voi.

Se non ho mantenuto la promessa fattavi di restare tranquillo a Pescasseroli è stato perché ciò non era materialmente possibile in primo luogo e poi perché sarebbe stato poco bello che io che sempre ho professato e predicato la religione della Patria mi tirassi indietro al momento dell'azione. No, così non poteva essere e voi lo capite benissimo.

Qui non si tratta di spirito eroico, è lo spirito umano che è in piedi ed ogni uomo con esso.

Da lungo tempo io cercavo in me stesso la verità, cercavo affannosamente dove e quale fosse il retto cammino; sono frasi banali e luoghi comuni che esprimo, lo sento, ma è quanto al momento passa per questo mio cervello che ancora non ha avuto il modo di formarsi ad una disciplina costante, ma che, pur nel buio, è stato sempre guidato e sorretto da quelle idee e principi morali che sono stati sempre a base di qualsiasi tempo e costume".

Il nome di Maurizio Giglio è il trentunesimo della lista che viene approntata in fretta e furia dalle autorità italiane per ottemperare al diktat dei nazisti che vogliono giustiziare dieci italiani per ogni SS uccisa nell'attentato di via Rasella.

La lista deve essere compilata in ventiquattro ore, ai nazisti urge compiere una strage. Il ministro dell'Interno, Guido Buffarini Guidi, riceve il questore Caruso mentre è in pigiama, nella suite dell'hotel Excelsior dove alloggia. L'uomo gli riferisce che Kappler chiede di avere i nominativi al più presto. Come poi racconterà in un suo interrogatorio: "Trovai Buffarini a letto ancora ed egli non trovò di meglio da dirmi che non si poteva se non obbedire all'ordine". Quella lista fu approntata, scegliendo detenuti politici, ma, per un ritardo di chi la doveva consegnare ai nazisti, furono prelevati, dalle impazienti SS, dieci detenuti comuni che stavano per essere scarcerati.

Quella colonna infame, che contiene anche i dieci nomi degli uccisi e dei superstiti per caso, è ancora visibile.

In calce porta una firma.

Quella del questore di Roma, Pietro Caruso.

11

Mia madre, donna concreta, mi diceva sempre che per parlare bisogna vedere. Che non ci si può fidare dei "dice", dei ricordi, delle ricostruzioni. Perché anche le persone migliori tendono, nella memoria, ad aggiustare le cose e finiscono col non sapere, onestamente non sapere, se ciò che sono certe sia accaduto in realtà non sia una costruzione, edificata in buona fede, della propria mente, che modella gli eventi nel modo più confacente alle esigenze personali con un'omissione, un'aggiunta, un piccolo scambio nella sequenza degli avvenimenti.

È la verità, per chi la racconta. Non una bugia.

Ma non è detto che corrisponda in pieno a ciò che è accaduto.

Mia madre intuiva tutto questo e con il suo pragmatismo diceva che per raccontare bisogna sapere. E per sapere bisogna vedere. E ascoltare.

Mio padre, di solito, a quel punto della conversazione alzava lo sguardo dal volume che stava leggendo e diceva solamente: «E bisogna cercare».

La sua non era una affermazione, era un invito, un precetto educativo. Mi stava dicendo, a suo modo, come si doveva stare al mondo. E il suo ammonimento si saldava a quelli di mamma.

Ero un bambino, ma quello che trattenevo, di queste non esplicite lezioni di vita, era un solo dogma: per sapere bisogna muoversi. Non basta studiare, bisogna vedere. In verità io ero trattenuto da una forza magnetica in quel limbo tra immaginazione e realtà, tra fatti e fantasia, che è la dimensione più bella dell'infanzia. E forse da lì non mi sono mai schiodato, se non per fare il mestiere che sto facendo.

In fondo, questa è la summa delle raccomandazioni di famiglia. Un giornalista deve muoversi, un cronista deve vedere. La guerra non si racconta da una scrivania, un fatto di cronaca, per esser scritto, deve essere vissuto.

Muoversi, o far muovere gli altri. Come stava facendo Fabiani con me.

Qualche giorno fa mi ha invitato a pranzo, sono stato a casa sua.

L'ho trovato malinconico, molto più che in ufficio. Tra quelle mura, in quelle stanze disordinate, la sua autorità, solida in redazione, evaporava in una fragilità della quale mi cominciò a parlare, accostando le finestre.

Se le apriva aveva freddo, anche in piena estate. Se le teneva chiuse gli sembrava, tornando a casa, di avvertire quell'odore – la parola "puzza" lo irritava da sempre – che gli era rimasto nelle narici da quando, bambino, andava a trovare i nonni. Quell'odore, quella sensazione impolverata, Fabiani la associava pavlovianamente alla vecchiaia. Gli tornava alla mente una frase di Simone de Beauvoir: "La vecchiaia ti afferra all'improvviso". Oggi hai diciotto anni e domani non ricordi il nome di tuo figlio.

Era l'odore di sé, o delle sue cose, che si era sempre augurato di non conoscere mai. Il sapore stantio di qualcosa che si sta consumando, che sta lì da troppo tempo, che di lì a poco sarà polvere, solo polvere. Una percezione di chiuso che le sue sinapsi avvertivano come un trailer del futuro che lo attendeva.

Da quando Vera, la moglie, era morta, cinque anni prima, la polvere lo aveva invaso. Come se lei fosse il suo talismano contro la vecchiaia, la fune piantata in terra che gli consentiva di sentirsi, senza esserlo più, ancora nel fiore degli anni. In fondo era stato dipendente, totalmente dipendente, da quella donna, senza che lei se ne accorgesse. Vera lo spronava a non assecondare l'innata pigrizia, lo costringeva a uscire di casa, a vedere film, spettacoli teatrali, concerti. Fabiani si faceva trascinare, ma in fondo gli piaceva. Anche se, mano a mano che il tempo passava, si accorgeva di non conoscere i nuovi attori, gli dicevano persino fossero star mondiali, e di non capire una musica che gli sembrava terribilmente povera e volgare. La considerava imparagonabile rispetto a quella della sua gioventù, ma si rendeva conto che forse era quello che anche suo padre, suo nonno, suo bisnonno pensavano sentendo i suoni del tempo dei propri figli, generazione per generazione.

Mentre Fabiani preparava in cucina degli spaghetti pomodoro e basilico – «Sono la mia specialità» –, io bighellonavo nel salotto guardando i libri e le fotografie messe in fila, cornici sobrie, sul pianoforte a mezza coda che stava appoggiato al muro. Ritraevano tutte la moglie, nei vari momenti della loro vita. Quando erano ragazzi, al mare, un mare qualsiasi, all'università, a una cena con amici, a Parigi. Sergio le aveva disposte in ordine cronologico, come il resoconto di una vita. L'ultima era in una stanza di ospedale, lei con una flebo al braccio, dimagrita, e un sorriso bugiardo. Lui senza neanche la forza di fingerlo.

«Era bella, eh?»

La sua voce mi è arrivata da dietro le spalle. Quando mi sono girato ho visto Fabiani appoggiato allo stipite della porta. Aveva un insulso grembiule da cucina a scacchi tristi e un sorriso disarmato. Ho fatto cenno di sì con la testa e ho sussurrato: «Sì, molto bella».

«Ho messo anche l'ultima fotografia, l'ho scattata due giorni prima che morisse, perché la vita che abbiamo vissuto deve essere davanti ai miei occhi tutta intera, senza omissioni. Non voglio rimuovere nulla. Non voglio vergognarmi della morte, fa parte del ciclo dell'esistenza, ne scandisce i tempi. Lei non si vergognava della sua malattia, degli effetti della chemio, del dimagrimento. Fino a che ha potuto è uscita, ha visto le amiche, è venuta a trovarmi al giornale. Mi dispiace che tu non abbia fatto in tempo a conoscerla. Prima del Covid, in redazione c'era sempre gente e quando arrivava, sprigionando un profumo di leggerezza, tutti si fermavano e venivano a prendere un caffè con lei. Era un tipo fantastico, credimi, Giovanni.

Avrebbe voluto tanto un figlio, ma io non potevo darglielo perché ho gli spermatozoi pigri. L'unica cosa sedentaria della mia vita. La più importante. Quando eravamo ragazzi le pratiche per l'inseminazione non erano ancora diffuse come oggi, altrimenti l'avremmo fatta, senza dubbio.

Se io non fossi stato come sono, oggi avremmo un figlio della tua età. Ho fatto i calcoli, è proprio così. Mi è mancato fare il padre, avrei tanto voluto. Ho inseguito tutte le cure del mondo, ma nulla. Per Vera non diventare mamma fu un dramma, un autentico dramma.

Certe sere ce lo immaginavamo, il nostro bambino. Mi ricordo che una volta le lessi delle frasi di Fellini che mi avevano tanto colpito. Aspetta, prendo il libro, lo tengo sul comodino, come un breviario.»

Fabiani, inforcati gli occhiali, ha iniziato a leggere:

«"La distrazione di fondo che nutriamo verso il mondo dell'infanzia, convinti come siamo che il bambino è tutto un errore al quale porre rimedio."

Non è bellissima e terribile come definizione? Il bambino come "un errore a cui porre rimedio".

E poi Fellini aggiungeva: "Se avessi un figlio cercherei innanzitutto di essere io stesso a imparare da lui. Di norma i genitori fanno il contrario; impongono al figlio le quattro frescacce che sanno e non gli domandano mai niente. Non ho mai visto un genitore curvarsi su un bambino per chiedergli che cosa fa, che cosa vuole, come vede il gatto, com'è la pioggia, che cosa ha sognato la notte, perché ha paura. Siamo totalmente presi dai nostri problemi e dalla nostra visione miope della realtà"».

Fabiani ha chiuso il libro, posato gli occhiali e ha detto, mesto:

«Forse perché non è riuscito neanche lui a diventare padre è sempre rimasto un bambino, con quella cornucopia di fantasie e di sogni... Vabbè, non so neanche perché ne sto parlando a te... Vieni di là che finisco, se no si scuoce la pasta».

Ha aperto il frigorifero che, a dispetto delle apparenze, era sempre ben fornito. La signora che al mattino andava a fare le pulizie gli assicurava ogni giorno il conforto di un piatto pronto che a lui sarebbe costato solo la fatica di schiacciare il tasto rosso del microonde. Ulyana era moldava, apparteneva alla schiera, quasi invisibile, dei seicentomila emigrati per ragioni climatiche da Paesi europei. Un giorno, nella sua terra, era divampato uno spaventoso incendio, determinato dall'inusuale calore atmosferico, e lei aveva visto morire una a una tutte le capre che allevava da anni, con amore. I soccorsi erano arrivati quando ogni cosa ormai era arsa e nell'aria era rimasto solo l'odore del fuoco e quello della morte.

Quando ci siamo seduti e lui ha scodellato la pasta fumante, a Fabiani ho solo detto:

«Domattina vado al Palazzaccio, rifaccio il percorso del martirio di Carretta. Però prima volevo dirti che ho visto delle immagini filmate di quel giorno. So che a te piace Fellini. Ma indovina chi le ha girate, quel 18 settembre 1944 nell'aula magna del palazzo di Giustizia?».

Fabiani ha aggrottato le sopracciglia, interrogativo.

«Luchino Visconti. Ha ripreso tutto quello che è accaduto. Tutto, o quasi.»

12

Torno a quel lunedì del 1944, mentre guardo il grande cancello di ferro che delimita l'antico ingresso principale del palazzo di Giustizia. Allora la facciata maggiore era quella rivolta verso il lungotevere, in direzione del centro storico della città.

Oggi l'ingresso principale è invece su piazza Cavour, allora quasi un confine con la periferia urbana. L'anziano tassista che mi ha portato fin qui – rimborsa il giornale – ha raccontato che lui ha «fatto il Sessantotto e che qui, proprio qui...» mi ha detto mentre scendevo e mi faceva pagare la corsa «... la polizia ci caricò. Eravamo venuti a manifestare contro la repressione della polizia e così, per darci ragione, i celerini, che stavano sulla scalinata, scesero di corsa e ci menarono di brutto. Se vede le immagini, ormai stanno pure su YouTube, io sono quello che tiene lo striscione con scritto OPERAI E STUDENTI IN LOTTA. Hanno menato anche gente con la cravatta, professori, ragazze con il foulard sulla testa. Abbiamo una pagina su Facebook, noi del Sessantotto, e facciamo a gara a chi ne riconosce di più, tra i compagni in piazza quel giorno. Almeno così restiamo collegati, prima de morì... Poi dicono che i tassisti so' tutti fascisti... Ma de che!».

Ho fatto un giro intorno al palazzo per raggiungere la piazza dei Tribunali. Il cancello è ancora lì, lo stesso di allora, almeno sembra. Ho nelle mani il mio iPhone – per una volta lo userò per una buona ragione e non per perdere tempo – e lì faccio scorrere le immagini del documentario, così da avere un raffronto continuo tra le scene girate da Visconti e ciò che sto per vedere dal vero.

Di fronte a questo cancello, al mattino presto del 18 settembre 1944, si affollarono centinaia di persone. In città non si parlava d'altro. Per la prima volta il popolo poteva vedere dei fascisti alla sbarra. Per vent'anni era successo il contrario.

Luchino Visconti, che era stato arrestato dalla banda Koch solo qualche mese prima, era lì per riprendere quell'evento straordinario. Il girato sarebbe stato selezionato da Mario Serandrei, uno dei più grandi montatori italiani, che con Marcello Pagliero, Giuseppe De Santis e lo stesso Visconti avrebbe poi firmato la regia di questo film, *Giorni di gloria*, che racconta con immagini fortissime, come quelle della riesumazione dei corpi delle vittime delle Ardeatine, la storia italiana tra il 1943 e il 1945, specie quella del movimento partigiano e antifascista.

Davanti a quel pezzo di storia in ferro battuto mi riceve la dottoressa Pellecchia, una donna dall'aspetto gentile, alla quale ho scritto per ottenere il permesso di fare la visita. Si è scomodata lei, consigliere della Corte di Cassazione, e quando mi vede, sbarbatello e con due cellulari nelle mani, non fa una piega. Forse si aspettava un rodato giornalista, invece eccomi qua, con i miei ventiquattro anni e la mia faccia interrogativa da ragazzo perbene.

Due cellulari, perché, al mio, ho aggiunto quello di Loredana.

L'ho chiamata, qualche giorno fa, per farmi aiutare. Lei ora lavora come praticante presso uno studio legale molto affermato.

Era il suo sogno da ragazza. Era seria, preparata, le piacevano i numeri e le leggi. Io ero più con la testa tra le nuvole, appresso ai romanzi sudamericani o ai classici della letteratura greca. Mi piacevano il cinema, la musica, il teatro, andare nei musei, specie per vedere i macchiaioli. Eravamo una coppia impossibile, e infatti non siamo stati una coppia.

Lei si è messa poi con un nerd di giurisprudenza, un codice con le gambe, io invece solco in solitaria, salvo storie senza impegni, le vie del mondo. Però ci stiamo simpatici da sempre, ci vogliamo bene e in fondo piace a tutti e due quell'arietta da "se fosse accaduto" che lascia nell'aria una sensazione di sana morbosità, un vorrei ma non posso, che è l'anima e il motore della vita umana.

Le ho raccontato tutto di Carretta, mentre mangiava un krapfen con la crema davvero commovente e beveva un caffellatte la cui schiuma le si posava, briccona, sulle labbra.

Si è offerta di aiutarmi. Un suo collega di studio è un topo di archivio degli uffici giudiziari e sicuramente, dice Loredana, troverà qualcosa di utile per il mio lavoro.

Ci tiene che io faccia buona figura con Fabiani. È sempre preoccupata per me. La mia precarietà, totale, la destabilizza. Non capisce come si possa vivere senza certezze. Un lavoro che va e viene, nessun legame sentimentale stabile, una casa in affitto da un amico che, se ne ha bisogno, mi caccia. Per questo Loredana ha sempre, nei miei confronti, un atteggiamento protettivo, quasi materno, che non mi dispiace. Sono il folletto della sua vita pianificata, lo sbaffo di colore nel suo ordine prestabilito, il clown in un dotto convegno di italianistica. Riesco a farla ridere, spesso sembra ne abbia bisogno.

Secondo me con il nerd a cena si parlano citando i numeri degli articoli del codice civile e di quello penale. Fanno l'amore seguendo le prescrizioni di legge e si passano il sale rispettosi dei dettati costituzionali. Due palle, in definitiva.

Lei dice di no, dice che non lo capisco, il nerd. Il che è possibile, certo, perché in effetti non lo conosco, non l'ho mai visto di persona in vita mia. Però mi sta sulle scatole "a prescindere", come diceva Totò. Una volta Loredana mi ha mostrato una sua foto sul cellulare, ma era sfuocata, come lui. Comunque io, che non sono certo Bukowski, almeno sembro vivo. Lui, per quel poco che ho decifrato, è pronto per essere rilegato e messo su uno scaffale, come un bel tomo.

Fatto sta che Loredana mi ha prestato un suo cellulare. Ne ha tre, la precisina. E con quello comincio, col permesso della dottoressa che mi accompagna, a filmare i luoghi di questo palazzo massiccio e barocco.

Sembra un disegno di Escher, trasmette inquietudine. Le forme sono ripetitive, la struttura duplica corridoi e stanze fino a renderli quasi irriconoscibili. Dall'altra parte tengo acceso il mio smartphone sul video di YouTube per riconoscere i luoghi di quel 18 settembre.

Sto girando, mentre entro nell'aula magna. Tutto è rimasto uguale, salvo una terribile iscrizione in marmo che riporta i nomi dei magistrati uccisi dalla criminalità e dal terrorismo.

Ma tutto qui, visto a colori nello schermo del cellulare, è identico a quello che, nell'altra mano, si appalesa in bianco e nero.

Ora l'aula è vuota. Ma su quei marmi, la mattina del processo Caruso, le persone erano salite senza ritegno, appendendosi a lampadari e tende.

Le sedie, disposte in file ordinate, erano state scaraventate a terra, la folla si era riversata, una volta forzati i cancelli, attraverso gli scaloni che salgono dal cortile d'onore nell'aula magna. La grande tenda di velluto rosso era stata attraversata da centinaia di persone che volevano assistere al processo e giudicare il giudizio.

Le immagini in bianco e nero gridano, quelle che i miei occhi vedono ora sono silenziose e vuote. Ma il luogo è lo stesso. Il pavimento è lo stesso, il marmo è lo stesso.

Qui si erano sedute, in bella posta, centinaia di persone invitate dalle autorità costituite, giudiziarie e politiche. Qui, non accettando di essere relegati in tribuna, come meri spettatori, i cittadini del popolo avevano rivendicato il diritto all'uguaglianza, uguaglianza anche del punto di osservazione.

Non andava bene: il popolo in galleria e la casta in platea.

13

Sin dai primi accertamenti è risultato, attraverso le deposizioni di alcuni testi, che il presidente dell'Alta Corte era restio a rilasciare biglietti d'invito per le tribune, ma che poi, in seguito a premure e insistenze di alte personalità e anche di diplomatici, cambiò avviso. È opportuno riferire quanto lo stesso presidente Casati al riguardo ha dichiarato:

"Dapprima era stata mia intenzione di non consentire l'accesso di alcuno alle tribune, anche per ragioni di sicurezza personale dei componenti l'Alta Corte. In seguito, però, dovetti recedere da questo proposito per le pressanti reiterate e insistenti richieste rivoltemi da alti organi ufficiali dello Stato. Richieste, infatti, di consentire l'accesso alle tribune di determinate categorie di personalità mi furono rivolte dalla Presidenza del Consiglio, dall'Alto Commissariato per l'epurazione, dai Ministeri della Giustizia e degli Esteri, dalle Segreterie dei Ministeri senza portafoglio e da legazioni diplomatiche (Portogallo). Le tribune C e D di più ampia capienza furono assegnate, l'una ad alti magistrati e alle loro famiglie e alle famiglie dei componenti dell'Alta Corte; l'altra a persone diverse che ne avevano fatto richieste e che erano state segnalate da autorevoli personaggi. [...] È, poi, accaduto che molte persone, trovandosi a disagio nelle tribune, ritennero più comodo recarsi ad occupare i posti a sedere nell'aula in modo da rendere più palese il privilegio loro concesso e da aggravare le cause dei primi incidenti che si sono verificati quando i parenti delle vittime, trovando già occupati i posti a sedere nell'aula, li reclamarono per loro".

Mentre rivedo al computer le immagini che ho girato stamane, sfoglio le pagine ingiallite della relazione che la commissione d'inchiesta, nominata dopo il linciaggio di Carretta, rese nota.

Ora, visti con i miei occhi i luoghi, tutto mi sembra nitido. Mi ha fatto impressione essere lì, non importa quanto tempo dopo, negli stessi ambienti in cui si è consumato l'omicidio di un uomo. Un assassinio realizzato in un palazzo dove dovrebbe essere garantita e amministrata la giustizia.

Nelle parole dei tre commissari nominati dal governo il giudizio è severo. La prima parte del documento è dedicata alle numerose incongruenze della macchina organizzativa. Il privilegio assicurato ai privilegiati, che non contenti del privilegio si conquistarono un altro privilegio scendendo dalle tribune e sedendosi di fronte ai giudici, ai testimoni, agli imputati per godere del privilegio di vederli meglio.

La dottoressa Pellecchia mi ha mostrato anche il retro dell'aula magna, a cui si accede da una porticina situata dietro il banco della presidenza. A sinistra c'è una piccola, davvero piccola, stanzetta che allora era adibita a camera di consiglio. Lì si sarebbe dovuta decidere la sorte di Caruso e Occhetto. A destra, invece, salendo una piccola rampa di scale, si accede a un mezzanino. In quell'angusto ambiente era stato tradotto, in attesa dell'inizio del procedimento, Caruso.

Quando siamo entrati nella stanza, alcuni ragazzi che ora vi lavorano ci hanno guardato interdetti. Non sanno che memoria ha quel pavimento...

I testimoni, allora, furono lasciati senza alcuna protezione, in balia di eventi non calcolati.

"Da quanto la commissione ha avuto l'onore di esporre, appare evidente che siano state assolutamente manchevoli le misure adottate per la protezione dei testimoni.

Nessuna misura è stata adottata per accoglierli, avviarli alla stanza ad essi destinata per proteggerli. Lo stato di fermento della cittadinanza era noto, e prevista altresì era una eccezionale affluenza di pubblico all'udienza. Ovvie ragioni di prudenza, quelle stesse ragioni che avevano consigliato di apprestare uno straordinario servizio d'ordine, avrebbero dovuto suggerire perciò di disporre per i testimoni, chiamati a compiere una pubblica funzione, un particolare accesso al palazzo, così come non si era omesso di fare per i numerosi invitati; e, giunti che vi fossero, di farli accompagnare da agenti alla camera loro destinata. Inoltre occorreva che il locale destinato ai testimoni fosse accuratamente piantonato per impedire che i testimoni si allontanassero da esso prima e durante l'udienza."

La commissione appare molto risoluta nel denunciare le manchevolezze dell'apparato giudiziario, eppure giudica "straordinario" l'apparato di sicurezza che però non sarà neanche capace di portare fuori da quell'aula, sano e salvo, un testimone dell'accusa.

Caruso non fu tradotto dal mezzanino in aula perché la ridicola protezione del banco degli imputati, "due sedie, dietro un basso fragilissimo recinto di legno" secondo Zara Algardi, che fu testimone e narratrice dell'udienza, ne avrebbe consentito il linciaggio da parte delle persone che, giustamente, riconoscevano in lui uno dei responsabili dell'eccidio delle Ardeatine.

La forza pubblica, richiesta una settimana prima del processo dalla Questura di Roma, "ammontava nel complesso a quattrocentocinquanta uomini, con due funzionari dirigenti e dieci subalterni. Il vicequestore Lener comunicava, infine, di aver avuto notizia da persona degna di fede che elementi turbolenti avrebbero tentato di impadronirsi del Caruso per farne giustizia sommaria".

Sapevano, dunque, quale era il clima, e persino le intenzioni di qualcuno.

Nella realtà invece saranno impegnati in tutto trecentoventi uomini, alcuni a cavallo, altri di riserva per il pronto intervento.

Scrive la commissione:

"Sta però di fatto che, anche in base alle forze di polizia concesse ed in relazione allo sviluppo dei corridoi, degli atri, delle scale e scalee, del cortile e degli ingressi del palazzo di Giustizia, non si provvide adeguatamente – come era necessario e come voleva l'ordinanza – per gli sbarramenti e soprattutto per l'isolamento dell'aula magna che avrebbe dovuto essere, oltre che isolata, anche protetta da una zona di assoluta sicurezza".

Ormai è troppo tardi.

I fogli mi svolazzano davanti, il tramonto ha favorito una brezza che ricorda vagamente il ponentino romano. Bevo una bibita scura, non ricordo neanche più se sia un Chinotto o una Coca-Cola.

Ormai non sono più qui, nei procellosi e intorpiditi anni Venti del nuovo millennio, ma sono sceso giù, in quel frastuono e in quel marasma, in mezzo al Brylcreem e ai cappellini con la veletta.

La commissione descrive gli eventi che si sono concitatamente succeduti dopo l'ingresso dei cittadini che avevano scavalcato il cancello dell'ingresso principale:

"Verso le ore 8.45 circa duecentocinquanta persone che si pigiavano davanti al cancello di via Ulpiano riuscirono a fare irruzione nel palazzo; tale folla, non conoscendo il preciso itinerario per raggiungere l'aula magna, si disperse per i vari corridoi del primo piano. Un forte gruppo riuscì ad irrompere nell'aula spingendo il pubblico nell'emiciclo fin sul podio presidenziale e sugli scanni dei giudici. Un altro gruppo, di circa ottanta persone, attraversando il corridoio laterale all'aula magna, tentò di fare irruzione nell'aula stessa dalla parte posteriore da cui si accede ai locali adiacenti della camera di consiglio".

La vivida descrizione della Algardi:

"La folla ha aperto i cancelli, si è arrovesciata, straripa per le scalinate austere, travolge le sottili dighe della polizia armata di fucili mitragliatori che non spareranno, irrompe a cuneo nell'aula satura. [...] Il processo Caruso è finito prima di essere cominciato".

Questo preciso momento è immortalato dalle immagini di Visconti. Mentre tutto avviene le macchine da presa, con il loro corredo di luci accecanti, stanno riprendendo ogni cosa. L'aula straripante, i volti tirati, la stizza delle famiglie in nero che si disperano, le urla delle persone stravolte dalla rabbia.

Tutto in quella pellicola, tutto davanti ai miei occhi, adesso.

Ancora la commissione:

"L'atteggiamento della folla tumultuante rese indispensabile il rinvio del processo in seguito al quale la forza pubblica, con a capo il colonnello Pollock e il questore Morazzini, dovette essere impiegata per sgombrare lentamente le tribune e l'aula medesima".

È a questo punto che si scatena l'inferno. Mentre la gente sta defluendo, inviperita per il rinvio dell'udienza, qualcuno invita i testimoni e le parti lese a fermarsi in aula. Questo accresce nella folla la convinzione che sia tutto un inganno, che si voglia far andare via il popolo per celebrare poi, a porte chiuse, un processo farsa al termine del quale, magari, assolvere Caruso e Occhetto.

La folla fa marcia indietro, rientra nell'aula magna intenzionata a non andare più via.

In quel momento, proprio in quel momento, assurdamente, qualcuno leva un dito accusatore contro un uomo.

È il dottor Donato Carretta, testimone dell'accusa.

14

Ci sono delle donne vestite di nero, in quell'emiciclo che ancora ribolle di rabbia per il processo rinviato. Volevano vedere Caruso, l'uomo che aveva scritto il nome dei loro cari sulla lista consegnata ai nazisti per l'eccidio delle Ardeatine. Volevano guardarlo negli occhi, forse insultarlo, forse peggio. Ma Caruso non c'è, lo hanno frettolosamente portato via dal mezzanino. La sua sorte sarà decisa qualche giorno dopo, quando il processo verrà riconvocato a Palazzo Corsini e si concluderà in soli due giorni con la condanna a morte.

Invece nell'aula c'è un uomo piccolo, tarchiato, i capelli pieni di brillantina e il vestito buono messo per andare davanti ai giudici e ripetere le accuse contro Caruso che aveva già formulato nel primo interrogatorio reso al dottor De Scisciolo.

Carretta, poco più di un mese prima di essere linciato, aveva detto:

"Nel pomeriggio del 24 marzo, cioè il giorno successivo allo scoppio delle bombe di via Rasella, vennero al carcere due ufficiali tedeschi, i quali richiesero la consegna dei detenuti che, a loro dire, il questore aveva messo a loro disposizione. Dall'ufficio matricola, al quale chiesi spiegazione, mi fu riferito che effettivamente la Questura aveva telefonato di tenere pronti, per essere ritirati dalla Questura stessa, cinquanta detenuti, che il personale di custodia stava già facendo preparare per la partenza. Il questore Caruso e il vicequestore Ferrari mi confermarono per telefono di aver dato quella disposizione, dicendomi che i detenuti dovevano essere consegnati ai tedeschi per l'invio al Nord".

Nelle parole del direttore del carcere di Regina Coeli c'è, al tempo stesso, la sentenza di condanna per Caruso e un linguaggio che racconta l'orrore di quei tempi da lupi.

"Consegna", "A loro disposizione", "Tenere pronti", "Confermato per telefono".

Gli esseri umani erano numeri o, come i nazisti chiamavano i deportati nei campi di sterminio, "*Stucke*", cioè pezzi.

Il dito che si punta contro il volto del testimone d'accusa Donato Carretta è quello di una donna. Si chiama Antonietta Pitotti ed è la moglie di Alberto Marchesi, un militante comunista ucciso alle Ardeatine.

Antonietta Pitotti ha rilasciato questo racconto dell'arresto di suo marito. L'ho ritrovato sul sito del Mausoleo delle vittime:

"Egli fu arrestato perché militante del Partito comunista. Quando il compagno Ferroni Pierino venne precedentemente arrestato, sapendo che nel suo negozio vi erano depositati armi ed esplosivi, temendo che non potesse resistere alle torture alle quali lo avrebbero certamente sottoposto, provvide, con l'aiuto degli allora compagni Viola Domenico e Giuseppe Ferrari, a rimuoverle".

Il testo, questo mi ha molto impressionato, è un manoscritto. Sulla parola "compagni" riferita a Viola e Ferrari c'è una riga che la cancella e sopra un'altra, che dovrebbe essere agli antipodi, che la sostituisce: "traditori".

Il seguito del racconto spiega perché:

"Più tardi questi ultimi vennero arrestati. Solo più tardi si seppe e venne in luce la loro vigliaccheria. Infatti non solo non esitarono a parlare ma si misero a loro disposizione (delle SS) per procedere agli arresti dei compagni...".

Tra i familiari nella scheda è contenuto il nome del figlio Giorgio, di anni ventitré, studente universitario. È a lui che si rivolge il padre incidendo con un chiodo sul muro del carcere di via Tasso, cella numero 25, queste parole: "A mio figlio Giorgio. Abbi cura e stringiti a mamma. Abbi cura di mamma. Tuo papà Alberto che non rivedrai più. Alberto".

Ma quello che più mi ha sconvolto nella lettura del manoscritto della moglie di Marchesi è la data: 9 settembre 1944. Nove giorni prima del dito puntato su quell'uomo con la brillantina d'ordinanza.

«Sei stato tu a far ammazzare mio marito» grida ora la donna all'indirizzo di Carretta.

È l'inizio della baraonda. Dopo aver pronunciato quella frase la donna gli assesta un sonoro schiaffo sulla faccia. L'uomo balbetta qualcosa, dice che non è stato lui, che lui è lì per accusare Caruso. Ma nessuno lo ascolta. Le parole urlate: «Il popolo, il popolo deve giudicare...» le si decifrano dal labiale di alcuni uomini che inveiscono contro Carretta e contro la polizia che cerca di difenderlo. Sono le immagini di Visconti, ancora una volta, a documentare il tutto.

Carretta viene strattonato violentemente. Un'altra donna, Maria Ricottini, detta la "frascatana", si batte ripetutamente una mano sulla testa e gli urla contro che lui ha fatto ammazzare il figlio, che lo ha venduto ai tedeschi, che voleva duecentomila lire per salvarlo, che quando gli ha restituito le sue cose aveva un sorriso beffardo sulle labbra. Urla che sono dinamite, in quel caos. Sventola gridando le lettere del figlio, quei fogli di carta imbevuti di rancore legittimano la sua rabbia e alimentano l'incendio. Lo accusa di averle chiesto soldi in cambio della vita di suo figlio, arrestato per reati comuni. Accuse che sono pugni fatti di parole. Accuse che la Ricottini, in sede processuale, ritratterà inventando altre versioni.

Gli urla che lui è in relazione con tale Bertoni, in effetti un verme che trafficava in soldi e vite umane nel braccio tedesco di Regina Coeli. E questo è vero.

Lo confermerà la commissione d'inchiesta, che pure è durissima sulla Ricottini:

"La Ricottini ha anche dichiarato che il suo stato di ansia in quel giorno era maggiormente eccitato ed esagerato per un sogno avuto nella notte precedente e nel quale il figlio fucilato dai tedeschi le aveva detto: 'Mamma svegliati che devi partire'. Questo sogno deve avere avuto non lieve influenza nella psiche della Ricottini ove si tengano presenti le sue condizioni psicopatologiche. È perciò perfettamente verosimile" come essa racconta "che sia stata colta da una lipotimia non appena entrata nell'aula".

Nulla, in questa storia maledetta, ha un solo segno. Nulla è chiaro, nitido, indiscutibile, fino in fondo. Tutto è ambiguo, sgusciante, prismatico. Ad esempio: la storia di Bertoni sembra rispondere alla verità.

Sempre la commissione d'inchiesta:

"Ma è anche certo che Carretta aveva una consuetudine di rapporti col Bertoni, che esercitava le funzioni di interprete nei bracci posti alle dipendenze delle autorità germaniche, per quanto tali rapporti non abbiano assunto mai il carattere di vera amicizia. Risulta che Bertoni era considerato generalmente come una spia e che speculava in modo ignobile sui detenuti politici percependo dai loro parenti compensi talvolta molto elevati per i servizi che si offriva di fare e che gli fossero richiesti a favore dei detti detenuti. Avendo una certa influenza sul comando tedesco il Bertoni prometteva anche liberazioni di detenuti politici e perciò le disgraziate famiglie che avevano i loro cari in carcere a lui facevano capo.

Sebbene il Carretta, per l'indole delle sue funzioni, non avesse alcuna ingerenza sul braccio tedesco, qualche testimone afferma che si mormorava anche su di lui".

Carretta è sballottato, picchiato, impaurito. Era andato lì per testimoniare contro Caruso e ora si trova in mezzo a una gogna pubblica. Su di lui, testimone d'accusa, si riversa l'odio che quella gente, provata dal dolore, vorrebbe scaricare sul questore. Non capisce cosa stia succedendo. Continuano a insultarlo e picchiarlo. I carabinieri lo fanno passare da una porticina dietro la presidenza e la chiudono davanti alla folla che vi sbatte contro, come gli uccelli di Hitchcock sui vetri della cabina telefonica in cui si è rifugiata Tippi Hedren, la protagonista.

Carretta pensa di essere in salvo, dietro quella porta serrata.

Non sa che dentro l'aula magna alcuni, quelli più lontani dall'epicentro dell'aggressione, hanno cominciato a farsi la domanda che più lo mette in pericolo.

«Ma chi è quello, Caruso?»

15

Ora sono qui, dove era Carretta. Mi sembra di vedermi, nelle immagini che ho girato stamane. I miei piedi calpestano lo stesso pavimento, i miei occhi vedono gli stessi luoghi. Ma il suo cuore e il mio non battono alla stessa velocità. Lui sarà stato confuso, spaventato, sorpreso. Lo hanno picchiato, ma perché? Era andato lì per accusare l'uomo che tutti, lui compreso, odiavano.

Era il principale teste contro quell'uomo che l'Alto Commissario per le epurazioni Mario Berlinguer aveva definito "un autentico sicario pronto all'obbedienza per ogni crimine, disposto anzi all'iniziativa di ogni delitto". Un uomo abominevole, scappato come una lepre dopo il 4 giugno, quando ha visto la mala parata, incolonnato in un lugubre corteo di gerarchi e furfanti che cercava riparo dietro le linee tedesche.

Ma lo sventurato, in quella fuga concitata, perde il contatto con la colonna di auto e, paradosso dei paradossi, viene investito da un mezzo dei nazisti che lo sbatte contro un albero. Nel film di Visconti vengono mostrati i tesori che Caruso aveva portato con sé: gioielli, banconote, perfino dei buoni del tesoro della Bank of England, quella “perfida Albione” che evidentemente ogni tanto tornava utile.

Nell’interrogatorio al processo Caruso ammetterà di aver rubato dalla cassaforte della Questura due anelli con brillanti e pietre, due broche d’oro, sei lingotti d’oro, sei orologi d’oro, tre broche di diamanti, dieci orologi con brillanti e una collana di perle, orecchini di perle, nove sterline d’oro, una borsa con biglietti di banca italiani per 453.000 lire e altre banconote francesi e di altri Paesi.

Il pubblico ministero gli domanderà se quei beni fossero il frutto di sequestri avvenuti per motivi razziali.

«Sì» risponde Caruso, come fosse normale.

Carretta era venuto al palazzo di Giustizia per accusarlo. Lo aveva visto da vicino, nei pochi mesi nei quali Caruso era stato questore di Roma. E invece ora, improvvisamente, si ritrova a essere il bersaglio della rabbia popolare. Non capisce perché, forse sta vedendo tutto il film della sua vita, cerca nella memoria le facce di quelle madri, si chiede se ha sbagliato lui o se sbagliano loro. Tutto deve essere concitato, rumoroso.

Forse ora solo qui, in questo piccolo corridoio, che porta a uno più grande, uno spazio angusto ma libero dalla rabbia, che Carretta ha raggiunto a fatica, si sente per un momento al sicuro. L’aula magna è infatti incastonata in un rettangolo costituito da corridoi tutti uguali, nei quali è facile perdersi. Qualcuno, forse Amedeo Strazzera-Perniciani, noto esponente dell’antifascismo, pensa di farsi garante della sicurezza e della probità di Carretta e, insieme a due agenti, cerca di portarlo fuori dal palazzo. Imbocca uno dei corridoi, quello su cui ora sto camminando, cellulare nella mano, che però finisce nel vestibolo dell'aula magna, nella quale ancora staziona una piccola folla.

Lo riconoscono e cominciano a inseguirlo. Lo prendono per un braccio dicendo, imperiosi: «Quest'uomo deve venire con noi».

Anche la Ricottini continua a gridare contro Carretta e lo accusa di avergli fatto uccidere il figlio. Sventola quelle maledette lettere. Quei fogli di carta, fossero anche bianchi, suonano come un documento di condanna, una sentenza.

Ma il figlio della Ricottini non è morto alle Fosse Ardeatine, non è un martire dell'antifascismo. Così ne parlerà il «Corriere della Sera» il giorno del processo per l'assassinio di Carretta:

"La Ricottini è stata accompagnata in udienza, dal manicomio dove si trova, da quattro robusti infermieri, essendo soggetta a frequenti attacchi epilettici. Le indagini hanno appurato che suo figlio, Virginio Tagliaferri, fu bensì fucilato dai tedeschi, ma per motivi che nulla avevano a che fare con le Fosse Ardeatine. Il Tagliaferri era stato razziato dai tedeschi ed era divenuto poi loro amico e, sembra, partecipò alle malversazioni che specialmente due di costoro commettevano a Frascati. La madre, sempre secondo l'accusa, si sarebbe prestata a fare da ricettatrice. Un giorno uno dei due tedeschi, ubriaco, si era introdotto in una capanna violentando una donna e venne ucciso dal suo compagno. Sembra che il Tagliaferri si sia vantato di essere stato l'autore di tale uccisione per la qual cosa fu arrestato dai tedeschi e condannato a morte".

Carretta e chi lo accompagna si divincolano dalla pressione e riescono a entrare qui dove mi trovo, nella stanza del cancelliere capo della Cassazione. Ma la folla cresce di numero e il clima diventa rovente. Si invoca la giustizia popolare, il "fare come a Parigi". Carretta intanto sta percorrendo concitatamente, una dopo l'altra, le porte che collegano l'infilata di stanze della cancelleria. Lo faccio anch'io. Lui doveva avere il cuore in gola e una gran sensazione di solitudine. Alla fine arriva a quella che allora aveva il numero 61 ed era l'ufficio del cavalier Donzelli, segretario particolare del primo presidente della Corte di Cassazione.

Eccola qui, ci sono. L'architetto Artipoli, della Commissione per la manutenzione del palazzo, mi ha trovato delle planimetrie che descrivono come erano distribuiti gli spazi dell'edificio nel 1944. Le allegherò all'appunto per Fabiani indicando il percorso che ho ricostruito seguendo i documenti e il mio diretto sopralluogo.

Carretta si nasconde sotto una scrivania, come un bambino che gioca a non farsi trovare. Ma quelli lo scovano e lo tirano fuori da lì. Si sarà sentito ridicolo, offeso nella dignità, mortificato dalla posizione grottesca. Lo prendono da sotto una coscia e lo mettono per metà fuori dal balcone, come per gettarlo di sotto. Lui sussurra solo: «Non fatemi del male».

Gli aggressori che hanno sopraffatto ogni timida resistenza delle forze dell'ordine ormai si sono impadroniti di quello straccio di paura che è Donato Carretta. Lo portano fuori dalla stanza, lo malmenano, lo riempiono di pu-

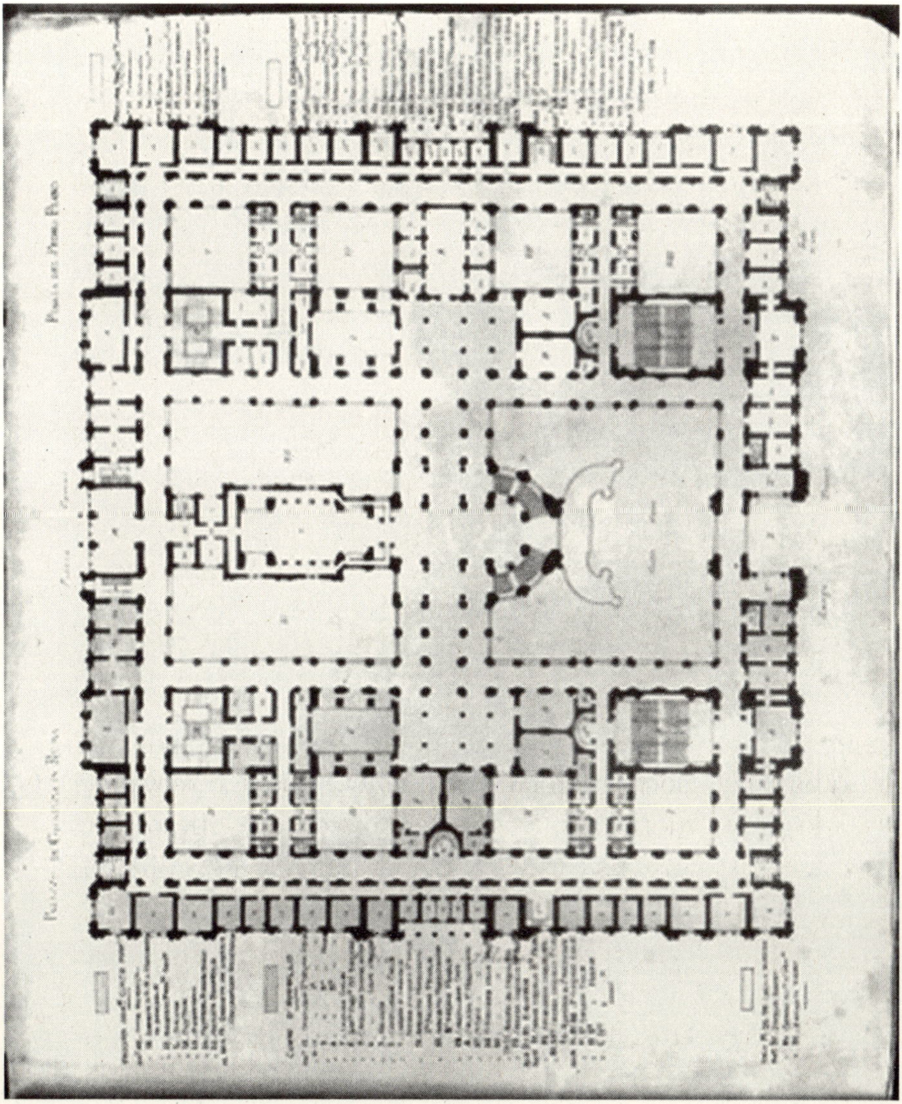

gni e calci. Lui è terrorizzato, disperato. E solo. Sono spariti tutti.

Eccola, la scala, è a poca distanza dall'ufficio in cui lo hanno braccato. Lo fanno rotolare giù come un pacco, ogni gradino gli deve essere sembrato una pugnalata nella testa e nel costato. Le cronache dicono che gli schizzi del suo sangue sono rimasti a lungo sulla parete e penso, guardandoli, che sia stato un errore lavarli, ripulirli per far finta che nulla sia successo.

Penso che si sarebbe dovuto mettere una bacheca di vetro, per difendere quella ferita sul muro di un palazzo di Giustizia. E che quel sangue innocente avrebbe dovuto, come una sindone di intonaco, essere esposto a monito dei magistrati e degli avvocati, per ricordare la bellezza e la delicatezza della loro missione.

Non una targa ricorda che qui, dove si amministra la giustizia al massimo livello, un uomo è stato linciato dalla furia popolare, che qui è stato ucciso un innocente, un testimone, un essere umano.

Scendo queste scale con passo veloce per raggiungere il porticato, dove quel precipizio umano deve essersi arrestato. Lì, dicono i documenti, altre persone si sono aggiunte, ciascuna pensando di aggravare il carico con calci e bastonate su quel corpo già maciullato.

È qui che entra in scena il testimone principale di questa storia.

La persona che più di ogni altro ha cercato di salvare Carretta e ha rischiato la propria vita per farlo.

È un tenente dei carabinieri.

Si chiama Giambattista Vescovo.

16

Chissà cosa starà facendo, quel ragazzo! Gli ho dato una bella gatta da pelare. Povero, aveva sbagliato Carretta. Ma sbagliare è una virtù. Chi non sbaglia è un incapace. Esiste un solo essere umano infallibile? Anche Dio, a guardare il mondo com'è, ha combinato un bel po' di casini.

Mi sta molto simpatico, Giovanni.

Della miriade di ragazzi che sono passati dalla nostra redazione è l'unico che mi sembra abbia qualcosa di profondo. Stavo per dire qualcosa di antico, portato come sono, ormai, a pensare che le cose belle, durature, importanti risiedano nel passato. Ora, che per me le spese in farmacia superano largamente quelle per il cinema o il ristorante, mi stupisco di stupirmi quando vedo qualcuno che crede ancora nei valori ai quali sono stato educato. Roba da ferrivecchi, chincaglieria per le sere al bar con gli amici di un tempo.

Eppure quel ragazzo mi ha colpito dal primo giorno. Lo so che la fisiognomica ha portato alle follie di Lombroso, eppure continuo ad attribuire un valore, un minimo di valore, al primo sguardo che si posa su una persona. Da ragazzo pensavo che fossero tutte fesserie. Che era solo l'essere sociale e basta a determinarci. Poi ho scoperto Fellini, la sua proterva deter-

minazione, in un tempo in cui tutto era storia e idee, nel cercare la verità dentro se stesso e costruirla attraverso il labirinto della propria fantasia, un labirinto con un solo ingresso e tante uscite. E tutto questo viveva nei volti delle persone rappresentate nel suo cinema. Fellini ha cercato il modo di rubare il mestiere a Dio, ha costruito un suo mondo in cui le facce e i corpi parlavano da soli, bastavano a raccontare.

Una volta ha detto:

«L'artista riconosce nel suo creare una maniera di mettere ordine in qualcosa che già esiste, un farlo affiorare alla percettibilità sensoriale e intellettuale; è l'archetipo della creazione che si rinnova, cioè il passaggio dal caos al cosmos, dall'indifferenziato confuso e inafferrabile, all'ordine, e cioè all'espresso, al compiuto. Ancora: dall'inconscio alla coscienza».

In fondo noi, scegliendo la persona che amiamo, i nostri amici, gli attori che preferiamo, i maestri che seguiamo, contribuiamo alla creazione di un mondo, il nostro. E nel mio non c'è posto per chi ha gli occhi spenti, per chi non sa sorridere, per chi urla a sproposito, per i rancorosi, i suscettibili e gli intriganti.

Sono severo? Può essere. Ma altri lo sono stati con me, e io sono grato a chi lo ha fatto. Non mi hanno mai consentito di stare seduto a contemplarmi, a considerarmi arrivato, a coltivare la mia naturale, giovanile, arroganza. Mi hanno insegnato poche cose. Quelle che mi diceva sempre il mio primo direttore. Quando i direttori erano direttori.

La segretaria mi chiamò, una volta. Avrò avuto diciotto anni, non di più. Mi viene il dubbio che avessi smesso da poco i pantaloni corti, ma non è così. Era un uomo che incuteva rispetto e soggezione. Aveva fondato giornali che, per la loro originalità, avevano scritto la storia dell'informazione italiana. A quei tempi nei quotidiani si entrava abbastanza facilmente e, se eri bravo, era difficile uscirne. Ma dovevi essere davvero bravo.

Io, finito il liceo, avevo scritto una lettera al direttore di un quotidiano della sera in cui raccontavo il mio sogno di fare il giornalista. Mi aveva chiamato un vicecaporedattore che mi aveva indicato una scrivania, in fondo allo stanzone della cronaca. Dal mattino dopo mi sarei potuto sedere a quel tavolo. Ricordo che la notte non dormii e alle sette ero già vestito. Mia madre, che era più emozionata di me, mi preparò un caffellatte con dei biscotti Gentilini e mi diede un bacio sulla fronte come faceva quando andavo alle elementari. Il tragitto da casa al giornale durò un attimo. Alle sette e mezzo ero già lì. Feci un giro attorno al palazzo per perdere tempo e poi andai in portineria, dove mi guardarono come se fossi pazzo, ma mi fecero salire. Il mio nome risultava nel loro elenco e questo già bastava per inorgoglirmi.

Non c'era ancora nessuno. Tirai fuori penna e blocchetto per gli appunti e cominciai a leggere il giornale appena uscito. Fui irrorato da quel meraviglioso odore di piombo e rotativa che avrebbe accompagnato, per il tratto fondamentale, la mia vita. Difficile spiegarlo, ma era un odore che sapeva di macchine e di umano. Sentivi dentro la fatica dei tipografi; c'era qualcosa di artigiano e di industriale insieme, c'era il nero dei titoli che ti sporcava le mani e una sensazione di autorevolezza, di unicità che l'accesso a quella carta d'albero dava a chi la frequentava.

La mazzetta dei giornali, che avrei avuto molti anni dopo, era un simbolo di potere, di forza, di autorevolezza.

Quando ho cominciato io, molti quotidiani uscivano in edicola tre volte al giorno. Al mattino, all'ora di pranzo, la sera. Tre edizioni; il giornale era un corpo vivo, senza pause, con turni massacranti. Il telegiornale c'era solo la sera; alla fine degli anni Sessanta, un direttore che si chiamava proprio come me inventò un tg all'ora di pranzo. Grande idea per lui, catastrofe per noi.

Insomma ero al giornale da qualche settimana e fui chiamato dalla segretaria del direttore. Lo dissi al mio caposervizio, uno che, non ho mai capito perché, portava gli occhiali da sole in redazione. Lui mi guardò con un'espressione che io tradussi in quella frase latina che uso da allora: «Morituri te salutant»*. Scosse la testa, il caposervizio, e per rassicurarmi mi disse solo: «In bocca al lupo».*

Il direttore mi fece aspettare un po'. Intanto io sorridevo alla segretaria nella illusoria convinzione di poter, attraverso di lei, conquistare la benevolenza del capo.

Si accese una luce sul telefono e io pensai, un riflesso condizionato, al Dottor No di James Bond. Non lo avevo mai visto, il direttore, lo immaginavo maestoso, magari con un gatto in mano e un occhio bendato. Durante l'attesa temetti che ci fosse qualcun altro nel suo ufficio e io per errore, nell'entrare, mi rivolgessi e stringessi la mano a quello sbagliato.

Non sarebbe stato un buon inizio, per un cronista.

La porta si aprì e per fortuna lui era solo. Nonostante fosse mattina aveva la luce della scrivania accesa e la testa china su dei fogli. Io non sapevo cosa fare, se avanzare, se-

dermi, dire qualcosa. Non mi guardava. Neanche il professor Orrù, quello di filosofia, mi incuteva tanto timore.

«Buongiorno, direttore» provai, con un filo di voce.

Lui alzò la testa, che non era la versione maschile delle gorgoni, come invece temevo. Aveva uno sguardo severo ma buono che, l'ho imparato, non è un ossimoro. Squadrò i miei diciotto anni e credo si intenerì nel vedere tanta tensione che mi formicolava addosso e negli occhi.

«Si sieda, Fabiani. In questi giorni ho seguito il suo lavoro. Lei è arrivato da poco, vero?»

Feci di sì con la testa, la voce non avrebbe trovato il coraggio di manifestarsi, in quel momento.

«Ha scritto dei buoni pezzi, in generale. Ma quello di oggi ha un pessimo incipit. Ho il dovere di dirglielo. Non si comincia un articolo su una donna sgozzata con considerazioni sociologiche sulla violenza della società moderna. Lei ha iniziato così...»

Era il mio articolo, quello che stava sottolineando.

«"Sotto il cielo di piombo della crisi..." così ha iniziato.

Lei è andato in quell'appartamento, per conto dei suoi lettori, non per filosofeggiare, ma per raccontare. Lei è giovane – questo non è un merito né un problema – e deve usare gli occhi, per fare questo mestiere. Quando si occuperà di cultura, potrà dare spazio al suo animo speculativo. Ma ora, facendo cronaca, deve fare solo due cose: guardare e raccontare. Guardare e raccontare. Ogni cosa che le capiterà di vedere la deve trasformare in una storia. Se vuole in un romanzo, ma non in un saggio. Non poesia, non elucubrazione. Prosa. Con parole scelte, non casuali. Prosa per un grande racconto popolare come è quello che facciamo ogni giorno. La gente ci compra per sapere e noi dobbiamo raccontare nel modo migliore. Guardare e raccontare, nulla di più.

Legga tanti romanzi, in questa fase della sua formazione.

Ogni fatto è una storia, lo ricordi.

E non si stanchi mai di cercare il senso delle cose. Lo faccia sempre con piena libertà, senza pregiudizi e senza condizionamenti.

Comunque, si vede che ha talento, bravo.

Voglio regalarle un libro che spero potrà esserle utile.»

Aveva già sul tavolo una busta della Feltrinelli di via del Babuino.

Lo ringraziai, delle parole e del regalo. Ero tornato a disporre anche della voce.

Avevo passato un quarto d'ora che, come si dimostra, non avrei mai dimenticato.

Il libro era edito dalla Garzanti. Ce l'ho ancora, lo custodisco con cura.

Domattina lo porto in redazione. Anche se è spiegazzato dalle cento letture, voglio regalarlo a Giovanni.

Penso sia giusto che l'abbia lui, ormai.

A sangue freddo *di Truman Capote.*

17

Ieri sera, sul tardi, sento suonare il citofono. Era Loredana, con una voce squillante:

«Mi fai salire?».

Ero in maglietta e pantaloncini e sentirmi rivolgere questa domanda da lei, un tempo, mi avrebbe fatto sognare. Un tempo, dico. Mento a me stesso solo per non farmi illusioni. Non credo, infatti, che venga alle dieci di sera da me perché si è finalmente accorta che quel bellimbusto le impolvera la vita; Loredana non è tipo da gesti impulsivi, esplosioni di improvvisazione emotiva. Il codice non lo prevede.

Così, quando apro la porta di casa, non vedo neanche il suo volto. È carica di raccoglitori di ogni colore che porta con fatica sulle braccia. Sento solo la sua voce dire:

«Ce l'ho fatta, Giovanni».

Entra di corsa, li appoggia sul tavolo come una benna scarica blocchi di cemento, e mi sorride, felice. Poi mi guarda dalla testa ai piedi, come faceva Totò con le belle donne, e mi dice soltanto, al cospetto del mio outfit estivo:

«Ti sei messo in ghingheri, eh?».

«Non aspettavo visite» bofonchio, mentre mi avvicino ai raccoglitori sparsi.

«Fermo, devo prima spiegarti tutto. Il mio collega, un anziano di studio adorabile che mi vuole bene e mi aiuta spesso, è andato in procura, all'archivio, dove lavora un suo vecchio collega e ha trovato gli atti del processo che fu tenuto nel 1947 per la morte di Carretta. Al termine, ho visto scorrendo la sentenza, fu condannata una donna, Maria Ricottini, a sette anni perché le riconobbero la seminfermità mentale, e altri due imputati a dieci e sette anni. Possibile che fossero stati solo in tre ad aver massacrato quel poveraccio? Questa storia mi appassiona, anche perché me l'hai fatta conoscere tu... Sei bravo a raccontare, sai? Ma hai un gelato, una birra, qualcosa? Ho portato una tonnellata di carte e, a parte la mise da italiano in gita, non mi hai offerto nulla!»

Mi scoccia dilazionare il momento in cui potrò aprire quello scrigno di meraviglie, ma anche lei ha ragione. Una birra ce l'ho e gliela apro. Ma è una sola. Le dico che preferisco farmi un caffè, anche se è tardi, perché mi toccherà fare notte studiando il contenuto del suo inarrivabile regalo.

«Perché, pensi che io possa staccarmi da queste carte? Fanne due, di caffè. *Let's spend the night together*. E cominciamo.»

Il primo documento è il semplice dispositivo della sentenza. Il secondo è il verbale della testimonianza resa dal tenente Giambattista Vescovo.

Sono fogli gialli, che al massimo dopodomani, mi dice Loredana, devono essere riportati in procura. Mi riferisce che l'archivista ha detto al suo collega di studio che sono carte ormai dimenticate, che nessuno consulta mai, lo ha fatto solo un professore, Gabriele Ranzato, ma che, non avendo il tempo di fotocopiarle – ci sarebbero volute settimane –, gliele prestava in amicizia, con la garanzia che sarebbero tutte tornate alla base in tempi rapidi.

Avere in mano questi fogli ingialliti mi inebria. È il tempo che si fa materia, che dimostra la sua immanenza. «Dove va il tempo che passa?» sembra aver chiesto un giorno Einstein a Kurt Gödel, grande matematico austriaco. Forse il tempo non passa, siamo noi a passare. Noi che viviamo un presente totale, in cui il passato è il ricordo che viviamo oggi e il futuro l'ansia o la speranza che coltiviamo oggi. Non esiste altro che oggi, nella nostra soggettività. Ma noi, nel nostro repentino passaggio, lasciamo segni sulla sabbia: dipinti, figli, musiche, case, carte, monumenti, diari, film, iscrizioni, mummie, abiti. Sono loro a produrre la dimensione materica del tempo, a sottrarci a una dimensione puramente introspettiva della concezione del passato. Sono, quei segni, la dimostrazione che il passato è esistito e non è solo nella nostra mente.

Questo foglio che ho tra le mani, per esempio. Sarà stato prodotto da una cartiera del tempo; forse la sua esistenza è cominciata dal taglio dell'albero operato da un boscaiolo quando c'era ancora Mussolini, ma certamente, quando l'agente di polizia l'ha preso dal cassetto della piccola scrivania dove era appoggiata la macchina da scrivere, la libertà di tutti era tornata. Il poliziotto l'ha sistemato nel rullo, proprio questo foglio qui, e ha cominciato a battere i tasti. Poi lo ha tolto e lo ha consegnato al tenente. Eccola, la firma con la quale lui ha confermato le parole che all'agente venivano dettate dall'interrogante.

È tutto qui, vero, reale. È la storia di quella mattina del 1944, raccontata, poche ore dopo, da un testimone. È su questo foglio che ora è nelle mie mani.

È il racconto di un carabiniere, un ragazzo di venticinque anni. Ma sembra un pezzo di grande giornalismo.

Vale la pena di ascoltarlo dalla sua voce, quella raccolta nelle sue parole:

"Verso le ore 10.00 o le 10.15 del 18 mi pare non essendo in servizio, mi trovavo nel palazzo di Giustizia e mi trattenni insieme col collega Mastropietro fuori l'aula magna della Corte di Cassazione ove si doveva svolgere il processo contro Caruso Pietro. Ad un tratto vidi alcune persone uscire dall'aula e scendere di corsa lo scalone gridando: 'Ammazziamolo, ammazziamolo'. Chiarisco che non vidi nessuna persona inseguita, e ciò si spiega perché mi ero già accertato che il dottor Carretta lasciò l'aula da un'altra porta. Temendo che avvenisse qualcosa di grave, scesi al pianterreno insieme col mio collega e potei scorgere un uomo, identificato poi per il dottor Carretta, che veniva trascinato lungo il corridoio sinistro per chi esce dal palazzo. Egli fu condotto fuori nonostante vari agenti cercassero di sottrarlo all'ira della folla.

Uscii anche io fuori e vidi il Carretta per terra sulla piazza precisamente all'altezza del chiusino che è proprio innanzi alla fontana sopra allo scalone del palazzo e qualche metro innanzi.

Tre o quattrocento persone si affollavano, senza tener conto delle altre persone che affluivano dalle strade vicine e ciò rendeva estremamente ardua l'opera di riuscire a fermare la folla e a raggiungere il ferito che, con l'aiuto di agenti e di alcuni benpensanti, si sollevava da terra e si trasportava presso un'auto pubblica che stazionava pochi metri in avanti, con il motore diretto verso Ponte Cavour. Riuscimmo ad aprire lo sportello sinistro e collocare il Carretta nell'interno della vettura. Due giovanotti, che credo fossero agenti, sedettero innanzi ed uno di essi si mise al volante e cercò di avviare la macchina, senza però riuscirvi.

Intanto la folla premeva perché l'automobile non partisse. Per proteggere il Carretta alcuni agenti si collocarono presso lo sportello sinistro della vettura ed io a quello destro insieme con uno o due agenti. Alcuni giovanotti, che io penso fossero sui diciotto o diciannove anni, manifestarono il proposito di tagliare le gomme ed uno di essi, infatti, aperto un coltello a serramanico si accinse ad iniziare l'opera.

Riuscii però a convincerlo facendogli capire la gravità del suo gesto. Subito dopo, e anzi per essermi sporto in avanti per impedire il taglio dello pneumatico, la folla riuscì ad aprire lo sportello destro e tentò di trarre fuori il Carretta che rimase con la spalla e la testa per terra e i piedi nella vettura. Da quella posizione egli ricevette un paio di calci in testa. Riuscii a liberare il Carretta e a rimetterlo nella vettura, ricevendo anche io alcuni calci. Vedendo che la situazione si aggravava sempre più, ordinai ad uno degli agenti metropolitani che mi era vicino di chiamare rinforzi. Un minuto dopo, infatti, intervenne una squadra di carabinieri a cavallo comandata da un brigadiere e composta da una decina di uomini, i quali circondarono la macchina. La folla si rivolse allora contro i carabinieri che tentarono di tirare giù di sella. Per evitare ciò gli uomini spronarono i cavalli e caricarono. Intanto, poiché la folla si era un po' allontanata per l'arrivo dei carabinieri, e poiché mi ero convinto della inutilità a ogni sforzo per mettere in moto la macchina, mi preoccupai di cercarne un'altra. Vicino allo scalone c'erano varie automobili, ma tutte chiuse e senza autista. Mi diressi allora ad una automobile della Questura che era ferma dall'altro lato della piazza, precisamente all'altezza del vespasiano posto di fronte all'imbocco di via Ulpiano. L'autista sollevò qualche difficoltà in contestazione del contegno minaccioso ed aggressivo della folla, ma subito ubbidì al mio ordine e si mosse. Io che ero sul predellino di destra feci fermare accanto alla vettura nella quale si trovava il Carretta e scesi per trasportare subito costui. Nonché vidi la nuova automobile allontanarsi perché ormai compariva la folla che ciò aveva ingiunto all'autista. Mi preoccupai di cercare un'altra vettura e mi diressi verso una camionetta che senza qualche difficoltà aderì al mio invito. Mentre costui metteva in moto la macchina, io tornai verso il taxi. Vidi il Carretta già in terra e precisamente con la testa sul punto che vi feci ieri l'altro osservare l'esistenza di una chiazza di sangue. Egli era percosso continuamente, violentemente a bastonate e a calci e pedate. Vedendo che la situazione si faceva sempre più critica, per guadagnare tempo con l'aiuto degli agenti che mi erano più vicino, prendemmo il ferito e muovemmo di corsa verso la camionetta, che intanto si era un po' avvicinata. Sollevammo in alto il Carretta per posarlo a bordo, nell'impossibilità di aprire lo sportello che era a sistema ribaltabile. Ma proprio nel momento in cui avevamo sollevato il Carretta, la camionetta partì ad alta velocità imboccando il ponte, perché anche quel conducente aveva ceduto alle imposizioni della folla. Adagiai allora per terra il ferito circondato dagli agenti e mi diressi verso una delle vetture ferme innanzi allo scalone del Palazzo con l'intento magari di spaccare un vetro per aprirla e metterla in moto. Dato che sono in possesso di alcuni tipi di chiave per avviamento. Mentre mi stavo dirigendo verso lo scalone, la folla, che già da tempo gridava: 'Al fiume, al fiume!' e 'Ammazziamolo, ammazziamolo', s'impadronì del ferito dal quale mi trovai distanziato da numerosa folla e quindi nell'impossibilità di poterlo raggiungere. Passava allora una vettura della circolare sinistra, che fermò alla fermata sita innanzi al Palazzo. Il Carretta venne allora deposto sul binario e la folla ingiunse al conducente di mettere in moto la vettura allo scopo di fare stritolare il ferito".

Loredana ha le lacrime agli occhi. Il tenente, contenuto in questo foglio giallo, ci ha portato lì, dove sono stato stamane. Ho visto quel chiusino, oggi sono due. Ho visto quelle scale e quello spazio nel quale ora mi è facile collocare gli accadimenti di quel giorno. Quel foglio giallo, battuto da un agente di polizia, quelle parole di un giovane carabiniere, quei luoghi visitati poche ore fa: tutto si mischia. Sono la materia del passato, il foglio; il segno del nostro passaggio, le parole; il presente come esperienza diretta a fondersi in una percezione quasi sensoriale di quel momento, di quel giorno di settembre del 1944.

Nel guardarci negli occhi, senza dirci una parola, Loredana e io siamo lì, ora.

Lei con un vestitino a fiori e io con una camicia bianca, la brillantina sui capelli.

18

Carretta, nel racconto di Vescovo, lo avevamo lasciato lì, sdraiato, mezzo morto, sui binari di un tram. Ce lo hanno messo i manifestanti. Sono uno strano pandemonio, i convenuti sul lungotevere. Ci sono parenti di vittime di Caruso, delinquenti comuni che si scagliano contro Carretta perché è stato il direttore del carcere di Regina Coeli, persone che per ragioni politiche sono mosse da un desiderio di vendetta identificando in quell'uomo tutto il male che hanno conosciuto, Mussolini, Hitler, Koch, Bernasconi. E poi gente che non c'entra nulla, ma che ritiene opportuno sferrare un calcio o un pugno a un pover'uomo che non riesce più neanche a difendersi. Sicuramente, tra gli aguzzini, c'è qualche antifascista del giorno dopo, qualcuno che si è strappato di nascosto la cimice dal bavero della giacca il 25 luglio, dopo aver condiviso le leggi razziali, aver applaudito a piazza Venezia, non aver battuto ciglio per gli assassinii di Matteotti, di Gramsci, degli oppositori del regime.

Carretta ora è solo, a terra, nessuno riesce a salvarlo da quello che è giusto definire il suo martirio. Un corpo che sopravvive al dolore inferto.

Il tenente Vescovo non è riuscito a sottrarlo alla furia della folla, i carabinieri a cavallo sono stati tronfi e inutili, i conducenti delle auto sulle quali il suo corpo ferito è stato deposto sono scappati come conigli, spaventati per le minacce degli esagitati. Gli altri, il cosiddetto popolo, bercia contro di lui e godrebbe a vederlo maciullato sui binari di un tram.

Lo immaginiamo da qui, Loredana e io, e ci si stringe il cuore. Vorremmo farci strada tra la folla che grida con la bava alla bocca, prenderlo in braccio come si fa con un bambino e portarlo via.

Ma il tempo è una striscia che non consente viaggi, se non immaginari.

In quella mattina bastarda del 1944 accade però una cosa straordinaria. Il corpo di Carretta è ormai pronto per essere maciullato, il mattatoio è stato allestito. Lo spirito del tempo, in quei momenti, sembra non poter conoscere increspature. Nessuno, se non chi deve farlo per dovere, si è opposto a quel massacro. Nessuno ha gridato cosa fate, siete pazzi, siete degli assassini.

Tutti zitti. Quel corpo sdrucito d'uomo è il regime, è la guerra, è la fame, è una tessera del pane, è un bombardamento a tappeto, è un gerarca, è il Male.

Arriva da via Ulpiano la circolare nera, quella che passa per la stazione Termini e piazza Cavour. È forse una delle ultime corse del mattino perché nel 1944, per la distruzione delle centrali elettriche da parte dei tedeschi, l'energia è razionata e i tram fanno servizio solo dalle 6.00 alle 9.00; sulle linee più importanti come la circolare nera è concessa una mezz'ora in più, sino alle 9.30, per poi riprendere nel pomeriggio, dalle 14.00 alle 17.00. Il tramviere vede il corpo, la gente in mezzo alla strada e arresta il suo mezzo.

La folla lo incita ad andare avanti. Non è immaginabile, quel giorno, che non si partecipi alla gaudente resa dei conti. Nessuno si può tirare indietro. Gli urlano, dopo aver deposto il corpo sui binari, di andare avanti, di passare su di lui facendone strame, anzi di «farne salsicce».

Non immaginano, i carnefici, quello che sta per accadere.

Il tramviere infatti si rifiuta; viene aggredito e tirato giù dal tram a viva forza. Prima di scendere riesce a serrare i freni, afferra il combinatore di velocità e lo lancia nel Tevere. Il tram è così immobilizzato, alcuni cercano di spingere la vettura, ma è impossibile. Allora la folla prova a prendersela con lui, che nella concitazione riesce a urlare che è un antifascista. Mostra la tessera del Partito comunista italiano e si fa strada tra i facinorosi. Si chiama, perché anche i nomi hanno un senso, Angelo Salvatori. È stato assunto con l'ordine di servizio 456 del 31 luglio 1928 e il 1° agosto, con il numero di matricola 6107, ha iniziato a viaggiare come fattorino. Nel 1938 è diventato conducente di tram. Il deposito presso il quale lavora è quello di Porta Maggiore. Lui abita poco lontano. A via degli Equi. Nel cuore di San Lorenzo. Il quartiere devastato dalle bombe del 19 luglio 1943, il quartiere dove si contarono tremila morti. È antifascista, è un iscritto al PCI, è un lavoratore, è un romano di San Lorenzo.

Al processo Salvatori dirà:

"Preciso che quattro erano le persone che, tenendolo sollevato, portavano il dottor Carretta dinanzi alla vettura tramviaria, attaccandolo poi sui binari. Sia essi che la folla gridavano: ‘Facciamone salsicce!’. Erano tutti giovani di venticinque o ventisei anni, tutti avevano le maniche rimboccate, le mani intrise di sangue; specialmente apparivano macchiate quelle dei due che avevano portato Carretta per la testa”.

Salvatori è l’unico essere umano, quel giorno, ad avere il coraggio, come i professori che si opposero al fascismo, di dire di no al pensiero unico che circola in quella piazza infoiata.

Oltre la vittima che giace inerme ci sono solo due uomini, in quel momento, che vale la pena di chiamare così. Se fermassimo l’immagine li vedremmo. Uno, con la tuta della neonata azienda comunale ATAC, ha una manovella nella mano, l’altro, con la divisa, cerca rinforzi per salvare un uomo mezzo morto.

Intorno il nulla o il troppo. Anche le macchine da presa di Visconti si sono stranamente dileguate. Faccio fatica a pensare che non si siano accorte di quello che stava succedendo, che non abbiano compreso che la storia che avevano documentato proseguiva. Non possono essere sparite in un momento, con il loro armamentario pesante di lampade, cavi, microfoni.

Possibile che non abbiano girato nulla della drammatica sequenza che il tenente Vescovo ci fa vedere con le sue parole? O quelle immagini sono sparite, non montate, perché politicamente scomode? Quel film coraggioso, nel racconto del linciaggio di Carretta, si svolge solo in “un interno” come dal titolo dell’ultimo lavoro di Visconti che vidi al cineforum della scuola in terzo liceo?

Non posso credere che non abbiano girato. Forse hanno tagliato la sequenza perché era troppo cruda? E dove sono finite quelle immagini?

E Angelo Salvatori? Dov'è finito, con la sua manovella in mano? Perché il bello di questa scena, cose da cinema epico, è che quell'uomo, in un istante, ha deciso di fare due cose precise: ha mostrato la tessera del PCI per far capire che si poteva essere comunisti senza partecipare a uno scempio simile, e che lui si rifiutava di finire quell'uomo non solo perché lo riteneva disumano, ma anche perché era sbagliato.

E poi prende quella manovella. Fa il contrario di Ponzio Pilato. Non vuole solo dissociare le proprie responsabilità, vuole impedire che lo strazio accada. Lo rende impossibile, togliendo il comando del tramvai. Non conosce storia e identità dell'uomo che giace, come corpo morto, sui binari del suo tram. Forse è un fascista, come la gente gli grida per incitarlo a punirlo.

Ma ad Angelo Salvatori questo non basta. In quel momento, finita a Roma la guerra civile, la giustizia la faranno i tribunali, non le folle urlanti. Il tramviere non ha studiato giurisprudenza, ma sa che la libertà ha delle regole, diversamente dalle dittature. Sa che la vita umana, in democrazia, non è più alla mercé della violenza o delle ideologie, anche quelle più vicine. Sa, con la saggezza del popolo e la sua umanità. Sa che il popolo non è la folla, che la giustizia non è la vendetta, che la rabbia fa strame del diritto.

Angelo Salvatori sa tutto questo, frutto di una conoscenza quasi istintiva, quando sfila quella manovella e, in un solo gesto, rende il suo tram un corpo inerte e prolunga la vita di quell'uomo con la camicia piena di sangue.

Una tessera e una manovella. Sono i simboli dell'umanità che si difende, in quel giorno di sole esagerato, mentre grandina odio.

Angelo Salvatori morirà con un solo cruccio. Sì, il papa e gli americani gli hanno fatto avere dei solenni riconoscimenti.

Ma la sua azienda, dopo quello che ha fatto e rischiato, non ha voluto soddisfare il suo vero sogno.

Essere promosso controllore, solo questo voleva.

Salvatori Angelo

19

Non hanno neanche il coraggio di ucciderlo. Vogliono che lo faccia qualcun altro. Il tramviere si è rifiutato e allora resta solo la possibilità più gaglioffa, quella di lanciare quel corpo squarciato nel fiume. Lo prendono, ormai è praticamente inanimato, di nuovo sulle spalle, come un quarto di bue, e si dirigono verso la parte sinistra di Ponte Umberto. Gridano, come fossero al Colosseo: «Al fiume! Al Tevere!».

Non riesco a immaginare cosa deve aver provato Carretta in quegli istanti. C'è da sperare che la prostrazione del suo fisico abbia spento la coscienza e, con essa, la paura. Ci sarebbe da sperare che la morte sia stata clemente con lui, lo abbia raggiunto prima di quel volo insulso.

Il corteo dei becchini ha attraversato la strada e si è messo sul ponte, davanti alla colonnina, la settima, che ora, con Loredana, guardo sul mio computer.

Mi sono fermato lì qualche istante, a immaginare la scena.

Quel corpo tumefatto gronda sangue che sarà certamente colato sulle camicie degli assassini. La gente grida, desidera la morte di un suo simile. Chi lo porta sulle spalle fa penzolare quell'uomo, come aveva fatto dalla balaustra della stanza in cui si era nascosto, e poi lo lancia come un fagotto, un rifiuto ingombrante. Quanto sarà alto il ponte? Venti metri?

Carretta vola, goffo e devastato. È svenuto, è morto. Non si sa. Forse a planare verso il Tevere, in quella mattina di settembre, è già un cadavere.

Invece no. La vita resiste.

La relazione della commissione, una descrizione obiettiva, minuziosa, scritta nel vivo dei fatti:

"Il Carretta, svenuto, scomparve nel fiume, ma dopo circa un minuto ritornò a galla e, ripresi i sensi per l'improvviso bagno freddo, favorito dalla corrente, giunse galleggiando al recinto di palafitte che limita il tratto del fiume destinato ai bagnanti dello stabilimento di Fabio Tulli sito sulla riva destra del Tevere a valle di Ponte Umberto e si aggrappò ad un palo.

La folla che si sporgeva dai parapetti del ponte e del lungotevere seguiva con spietata curiosità gli impacciati movimenti del Carretta; ma quando vide che questi tentava di salvarsi, cominciò di nuovo ad inveire contro di lui; allora due individui in mutandine da bagno, che si trovavano sulla piattaforma dello stabilimento, si gettarono in acqua e avvicinatisi al Carretta lo obbligarono, dandogli dei colpi sulle mani, ad abbandonare il palo dove si era aggrappato.

Il Carretta allora tentò di avvicinarsi a nuoto allo stabilimento, ma due altri individui, anche essi in costume da bagno, preso posto in una barca ormeggiata nei pressi, gli impedirono di avvicinarsi allo stabilimento e con i remi lo sospinsero nel centro del fiume. Quasi contemporaneamente un'altra barca, proveniente da Ponte Umberto, nella quale si trovavano due individui completamente vestiti, si portò verso il luogo nel quale il Carretta lottava per sfuggire alla morte, i due sopraggiunti concorsero a togliere al naufrago ogni via di scampo e, facendo uso dei remi, portarono a compimento il nefando delitto.

Il cadavere galleggiò e, preso dalla corrente, si spostò lentamente a valle.

La folla aveva assistito, con grida di approvazione, all'eccidio".

Carretta era dunque vivo, nonostante tutto. Nonostante i pugni, i capelli strappati, i calci, il ruzzolone dalle scale con le chiazze di sangue sulle pareti, le bastonate sotto il portico, il volo dal ponte.

Un testimone oculare, Arnaldo Di Serio, lo vide:

"Era una maschera spaventosa. Grosse lesioni, tumefazioni terrificanti – alla fronte al naso alle labbra – gli deformavano il volto. Aveva un occhio fuori dell'orbita, grosso quanto un pugno, immobile, rosso, orrendo".

Ma era vivo e forse pensava che il fiume, dove i suoi persecutori non potevano arrivare se non con le grida di: «A morte!», sarebbe stato l'argine alla violenza, il liquido nel quale la sua vita avrebbe ripreso a scorrere.

I bagnanti non sono antifascisti, non hanno vittime da vendicare. Sono bagnanti, erano lì per prendere il sole. I dipendenti dei galleggianti abusivi sono lì per servire un Chinotto e una cedrata, non hanno motivazioni politiche. Eppure il clima della crocifissione contagia tutti.

Ci sono tre formazioni di squali che si occupano di finire il testimone d'accusa Donato Carretta. La prima è costituita da due pischelli che si buttano in acqua per colpire sulle mani e poi in faccia Carretta che si è aggrappato a un palo. Poi un'imbarcazione, sollecitamente giunta, si incarica, con i remi, di spingerlo in mezzo al fiume, in modo che non abbia appigli a cui affidare la sua salvezza. Le fotografie che documentano questo momento sono ambigue. Chi era su quella barchetta voleva salvare o finire quel pover'uomo? Sembra la fotografia di Bartali e Coppi che si passano la borraccia dell'acqua durante una salita del Tour de France del 1952. Non si capisce la direzione di quei gesti sospesi. Le fotografie li hanno immobilizzati a metà, ignorando il prima e il dopo. Sono istantanee, non sequenze, prive della leggibilità offerta dal movimento e dalla sua direzione. L'uomo che si trova su quella barca, Carlo Arconti, verrà infatti assolto per insufficienza di prove.

Il terzo branco di squali è più numeroso e si avvicina a Carretta che, sbagliando, li scambia per dei soccorritori. È l'ultima speranza che attraversa la vita di Donato Carretta. Ma oggi quello è giorno di lupi, non di farfalle.

Appoggia una mano sul bordo della barca, crede confusamente che esista pietà, umanità. Si attende un'altra mano che stringa la sua e lo porti su, finalmente in salvo. E invece dei violenti colpi di remo si abbattono su di lui. Di nuovo la testa, le braccia, le mani. Lo vogliono finire, come i gladiatori con gli schiavi. E lo fanno mentre il pubblico dal parapetto del ponte li incita a compiere l'opera da loro iniziata. La folla dall'alto urla: «Dagli un calcio, finiscilo!». Un barcaiolo dello stabilimento Tulli dichiarerà, vai a capire se è vero, che voleva soccorrere l'uomo volato dal ponte, pensando fosse un suicida, ma che la folla lo ha minacciato di morte, fino a farlo rinunciare.

Racconta Di Serio che "un ragazzino di quattordici o quindici anni, ch'era sulla riva, sfilò le scarpe dell'assassinato e, sollevatele, le mostrò alla folla. Sorrise, melenso, e disse: 'Sono buone, sono di pelle e di cuoio'".

L'agente di P.S. Tocci metterà a verbale che "in una delle barche vi era un ragazzo di nove o dieci anni. Al Carretta fu tolta la giacca e il ragazzo, impossessatosi del portafoglio, prima lo agitò in aria e poi lo buttò via".

Al processo un sarto, Virgilio Vitale, confermerà quello che aveva scritto la commissione, cioè quello che aveva visto, con queste parole:

"Lo sconosciuto che la folla affermava esser il direttore delle carceri e che era solamente privo di sensi, dopo circa un minuto d'immersione, riaffiorò alla superficie e, ritornato in sé, pian piano e come trasognato, favorito dalla corrente si portò a nuoto presso il recinto di palafitte dello stabilimento di Tulli Fabio, aggrappandosi ad uno dei pali. Alle grida della folla che minacciosa intimava di uccidere il disgraziato, due individui in mutandine – uno dei quali si trovava sulla piattaforma dello stabilimento – si gettarono in acqua e si avvicinarono al Carretta. Lui, immerso con l'acqua fino al collo ed ancora intontito, non opponeva alcuna valida difesa, loro incominciarono a percuoterlo obbligandolo a lasciare la presa. Il

Carretta allora, per sottrarsi alla persecuzione omicida, sempre a nuoto si avvicinò allo stabilimento dei bagni con l'evidente speranza di ricevere quell'aiuto che con voce fioca e lamentosa implorava, ma una barca che trovavasi ormeggiata a quel galleggiante e nella quale presero posto due individui in mutandine gli tagliò la via di scampo mentre i due occupanti lo sospingevano con i remi verso il centro del fiume. Quasi contemporaneamente altra barca proveniente dal Ponte Umberto e nella quale trovavasi due individui vestiti si portò verso il luogo in cui la vittima lottava per sottrarsi a sicura fine. I due sopraggiunti, a loro volta, facendo uso dei remi portarono a compimento il nefando delitto".

Il testimone aggiunge più avanti: "I fatti si svolsero in un clima di bestiale e tremenda eccitazione".

Il calvario di Carretta non è finito. Se la prendono anche con il cadavere. Lo recuperano e lo issano come un trofeo sulla testa dei capi del corteo spontaneo, migliaia di persone ormai, che si reca al carcere di Regina Coeli.

Ancora il testimone oculare Di Serio:

"Uno degli uomini scesi a riva, rivoltosi ai compagni e riferendosi al morto, propose: 'Portiamolo a Regina Coeli'. E lo afferrò per un risvolto dei calzoni. Così fece un altro. E tirarono su per le scale il disgraziato. La testa del quale urtava violentemente di gradino in gradino, spaccandosi. [...] Così continuarono a tenerlo; così continuarono a trascinarlo, accompagnati dalla folla, che gli sputava e gli assestava calci. [...] Fin quando i calzoni – scioltasi la cintura e sbottonatisi – si sfilarono dalle gambe del morto, rimanendo in mano ai due trasportatori. I quali, abbandonatili, afferrarono l'assassinato per le caviglie, e continuarono la marcia trionfale".

Lo appendono a testa in giù, seminudo, a una delle finestre del carcere. Gli tirano sassi, lo dileggiano.

Il vicebrigadiere Salvatore De Lucia dirà, sentito come teste:

"Ricordo che nell'aula notai che il Carretta aveva la fede d'oro e un altro anello: quando il cadavere fu sospeso, i due anelli erano scomparsi".

La moglie, entrata in un negozio per fare compere, apprende che è successo qualcosa di grave al palazzo di Giustizia e che il corpo di un uomo, forse il direttore, penzola a Regina Coeli grondando sangue.

Fa in tempo a vederlo. Testimonia Di Serio:

"A un certo punto – ludibrio della sorte – si udì un urlo straziante. Lo aveva emesso una signora: forse la moglie del disgraziato, la quale, accompagnata e sorretta da alcune persone, stava rincasando. Era magra, pallida, inebetita. Balbettava, batteva i denti, come presa da un gran freddo. Gli occhi rivolti al cadavere – lo sguardo fisso, vitreo, allucinato su quel volto orrendamente deturpato, su quel corpo straziato, insanguinato, gonfio – tremava come canna nel vento".

Le immagini cinematografiche ora ci sono, riprendono la gente che guarda dal lungotevere quel corpo impudicamente esposto al dileggio.

A farlo staccare da lì pensa il medico di Regina Coeli. È appena tornato dalla clandestinità dove era riparato con la moglie dopo aver partecipato all'evasione, dallo stesso carcere, di Sandro Pertini e Giuseppe Saragat, nel gennaio di quell'anno.

Lui, Fernando Monaco, medico socialista, Carretta lo conosceva bene.

Perché quell'uomo appeso per i piedi l'aveva facilitata, l'evasione dei capi dell'antifascismo.

20

Nel materiale che sto raccogliendo sono comparse le immagini di quel momento. Loredana e io le vediamo scorrere sullo schermo del computer. Sono tratte dal film di Visconti. Quattro inquadrature. Tre sul corpo dell'uomo, con vari piani. In una, campo lungo, si vedono due militi passare davanti al cadavere appeso, uno sguardo imbarazzato e frettoloso. Nelle altre due, con un cambio di obiettivo, ci si avvicina a Carretta e se ne scoprono dettagli raggelanti: la pozza di sangue a terra, l'impudicizia delle mutande esposte, la camicia a brandelli rimasta legata al corpo solo sui polsini, la faccia irriconoscibile, perché maciullata.

Nell'ultima, che è una panoramica girata dal lungotevere, si vedono persone che camminano tranquille. Qualcuno ride, ci sono bambini, portati lì come fossero a Villa Borghese.

È una giornata di settembre, calda e luminosa, andiamo a vedere l'impiccagione di un uomo morto.

Loredana si copre gli occhi. Questa storia, che all'inizio l'aveva impegnata come giurista e come amica di un disgraziato che doveva scoprirne e riferirne i fatti, le ha preso il cuore.

Quel corpo maciullato dalla furia di una folla fattasi giudice, quel testimone d'accusa condannato, a rovescio, a morte violenta, la solitudine di quell'essere umano l'hanno scossa.

Dice che Caruso, uno dei boia delle Ardeatine, almeno ha avuto un processo, la possibilità di difendersi, degli avvocati che lo tutelavano, una sentenza, una condanna e una fine a cui ha potuto prepararsi, con il conforto della sua religione.

Donato Carretta no. Era andato lì per dire la sua contro Caruso, per inchiodarlo alle sue responsabilità ed è finito, in pochi minuti, appeso a testa in giù. Nessuno, se non il tenente dei carabinieri e Angelo Salvatori, ha cercato di difenderlo.

Se solo lo avessero ascoltato, invece di strappargli i capelli e riempirlo di cazzotti, lui avrebbe ripetuto quello che aveva dichiarato il 7 agosto in istruttoria:

"Essendo stata ordinata dalla Questura la traduzione di un certo numero di detenuti per una località dell'Alta Italia, che non era indicata nell'ordine di traduzione, ed avendo io, d'accordo con il sanitario dott. Monaco, fatto risalire mediante certificati di famiglia che alcuni di quei detenuti non erano in buone condizioni di salute tali da consentirne la traduzione, il Caruso, informato di ciò, venne di notte nel carcere a fare una violenta scenata, nella quale minacciò di arrestare tutto il personale, manifestando la pretesa inumana che tutti i detenuti dovessero partire. Si trattava di detenuti che erano tutti a disposizione della Questura per motivi politici ed il Caruso, anche quando intervenni io in seguito a chiamata telefonica del capoguardia, insistette nella inumana pretesa di eseguire la traduzione per tutti, senza eccezione. A stento riuscii ad evitare ad alcuni di quei detenuti, che erano in più gravi condizioni, la traduzione richiesta dal Caruso. [...]

Molti di quei disgraziati venivano accompagnati dalla polizia in condizioni pietose, con evidenti tracce di maltrattamenti e percosse".

Questo avrebbe detto, quell'uomo senza pantaloni appeso alle inferriate di una finestra del pianterreno del carcere che dirigeva.

I nemici di Caruso, dell'aguzzino Caruso, gli hanno tappato la bocca.

«Non è assurdo?» mi chiede Loredana.

Assurdo come una notizia che troviamo, navigando in rete, sul «Corriere di Roma» del 19 settembre.

"Il tragico episodio in cui ha trovato la morte l'ex direttore del carcere di Regina Coeli ha fruttato questa mattina l'insperata libertà a quattro detenuti i quali hanno potuto evadere dal 'cellulare' che li trasportava in carcere. La folla, che stazionava in via della Lungara, supponendo che nel 'cellulare' si trovasse l'ex questore Caruso ha assalito l'autoveicolo e, constatando che non v'era, ha consentito ai quattro detenuti di darsela a gambe."

Ma non è finita:

"Fra essi – come viene confermato dalla Questura centrale – si trovava un individuo arrestato dalla polizia perché in patto di collaborazione coi tedeschi".

Non solo la folla che sentiva di essere vendicatrice dei torti del fascismo ha ucciso un testimone d'accusa, ma ha fatto scappare un collaborazionista dei nazisti. L'eterogenesi dei fini.

Loredana è talmente scossa che mi chiede di dormire qui. In effetti è tardi ormai, lei si è fatta accompagnare qui dal nerd perché aveva tutti quegli scatoloni e ora non ha voglia di mettersi a cercare un taxi, che tanto non si trova. Io non posso riportarla a casa perché mi muovo in bicicletta.

Le chiedo se il fidanzato si può scocciare. Lei mi risponde, candida, che non c'è ragione. Non vivono insieme, il codice con le gambe sta preparando una causa difficile ed è immerso nelle carte, neanche se ne accorgerà.

Per me va bene, ovviamente. Lei dormirà nel mio letto e io sul divano, non ammetto discussioni su questo. Lei cerca di opporre resistenza, ma poi accetta. Ho ancora da fare, libri da leggere. Fabiani mi ha detto "con calma", ma io non voglio perdere tempo.

E poi ormai quei giorni di settembre del 1944 mi hanno risucchiato, sono precipitato completamente nel gorgo di quel tempo, che ora mi sembra il *mio* tempo.

Loredana si è messa una maglietta e dei pantaloncini che le ho prestato e che la fanno sembrare buffa e deliziosa. Mi sfiora con le labbra le due guance e mi sussurra: «Buonanotte», parola che, detta da lei quando ero adolescente, mi avrebbe fatto impazzire di gioia.

In effetti è bello ascoltarla anche ora, perché di voci, a parte la mia, qui, di solito, se ne sentono poche.

Ma non ho sonno, stasera.

Voglio continuare a cercare. Cercare per fare le cose che mio padre e Fabiani mi hanno insegnato essere il dovere di ogni buon cronista, di ogni buon Teddy Sberla, avrebbe detto mio zio.

"Guardare e raccontare."

E allora sullo schermo del computer guardo e riguardo i luoghi del "fattaccio", come ho scoperto lo chiamò nel suo diario – me lo aveva consigliato il mio collega Alberto – il regista Steno, quello di *Febbre da cavallo*, uno dei miei film preferiti. Alla data del 18 settembre Steno annota:

"In mattinata ritiro 25.000 lire alla Società degli autori e le consegno a De Laurentiis. Dedico la giornata a inventare i due sketches per Macario. [...] In tutti i bar e le tabaccherie si parla del 'fattaccio' di questa mattina al palazzo di Giustizia. Se ne parla anche al Caffè Greco, dove mi siedo per una mezz'ora: soli tre clienti americani con tre ragazze italiane 'di famiglia' e una ragazza alta che fa l'amore con un gobbo. Intanto il cameriere Ovidio mi dice che farò bene se andrò in America".

In tutti i bar e le tabaccherie si parla del "fattaccio", ma intanto al Caffè Greco "una ragazza alta fa l'amore con un gobbo".

È così la Roma del settembre 1944, nella quale ormai mi muovo, in bicicletta, con gli occhi aperti e un taccuino tra le mani.

21

«Ma perché c'è un buco temporale nel film di Visconti?»

Quando Loredana mi ha svegliato, con un caffè in mano, non ha aspettato che tornassi lucido, per pormi questa domanda. Ho fatto fatica a mettere a fuoco il suo volto, a decifrarne un'inquietudine con la quale doveva aver trascorso la notte, e poi ho detto, semplicemente, confusamente, che non lo sapevo.

«Per quale ragione Visconti ha fatto le riprese, evidentemente con diverse macchine da presa, nell'aula magna, ma non ha anche documentato quello che il tenente Vescovo ha raccontato, dal linciaggio all'annegamento? Pensavo avesse solo cineprese fisse all'interno, ma, come abbiamo visto, ha girato la scena dello scavalcamento dei cancelli. Questa però precede il linciaggio. Dunque poteva averla ripresa e poi essere passato in interno senza capire quello che poi è successo all'esterno.

Ma la sequenza del corpo appeso a Regina Coeli, così esplicita, così spietata, l'hanno girata loro, evidentemente con una macchina a mano, o con un cavalletto. E allora perché non esiste una sola immagine, né fotografica né filmata, della scena fuori dal Palazzaccio? Solo qualche scatto fotografico della parte finale, quello in cui lo finiscono, nel Tevere. Ma perché non hanno girato il linciaggio? La scena del tram? Il corteo macabro?

O invece l'hanno girata e poi l'hanno tagliata? E se l'hanno censurata, perché?»

«Forse le hanno ritenute troppo crude...» provo imprudentemente a dire mentre, per salvare il decoro, mi tiro su dal divano. Sono andato a dormire tardissimo, ho consultato libri e carte fino all'alba, e questo giaciglio mi ricorda quello delle tende nei campeggi, dove peraltro mi onoro di non avere mai dormito. Però, immagino, dovevano essere proprio così scomodi, per la schiena.

Appena finisco la frase, Loredana mi guarda con occhi di fuoco. Ora non è più la mia adorata compagna di classe, l'amica del cuore alla quale ho ceduto il letto.

No. Ora è Perry Mason, Tom Cruise in *Codice d'onore*, Denzel Washington in *Philadelphia*. Ha la toga, sopra la mia maglietta e i miei calzoncini. Mi sta facendo una requisitoria, non offrendo un caffè al risveglio.

«Ma cosa dici? Ti pare che le inquadrature del corpo impiccato per i piedi che sgocciola sangue siano roba da Truffaut? No, ci ho pensato tutta la notte. Perché qualcosa non va, in questa storia. C'è un anello mancante. E sono quelle immagini. Se le avessimo, potremmo sapere con certezza chi ha linciato fino all'agonia Donato Carretta, chi lo ha fatto volare nel fiume, chi lo ha finito, chi ha fatto scempio del suo cadavere, fino all'impiccagione.

E invece no. L'ultima volta che vediamo Carretta è in aula, al centro di una zuffa che sembra una rissa da bar. Poi lo ritroviamo appeso all'inferriata di Regina Coeli.

Come ci è arrivato, chi lo ha portato? Perché non hanno girato o, fammi dire che è l'ipotesi più probabile, perché non hanno montato le immagini che avevano? Giovanni, ora ti parla l'avvocato, non Loredana. E quelle immagini, se pure le hanno girate e tagliate, le hanno poi messe a disposizione della magistratura per individuare i colpevoli?»

Cazzarola, che risveglio! Temo che qualsiasi cosa io possa dire ora potrà essere usata contro di me. Non ho uno straccio di avvocato se non quello davanti a me, che mi ha scambiato per Luchino Visconti e mi chiede conto del mio operato nel settembre del 1944. Però forse una via di fuga ce l'ho.

Chiamo Alberto, il critico cinematografico del giornale. Anche lui ha quasi sessant'anni, ma si veste come se fosse stato a piazza Cavour, insieme al mio tassista, per tenere lo striscione OPERAI E STUDENTI IN LOTTA durante il Sessantotto. Ha un gran cespuglio di capelli bianconeri, la barba spesso incolta. Passa le sue giornate nei cinema e porta recensioni che il più delle volte non gli vengono pubblicate: «Non c'è spazio, Alberto».

Solo Fabiani lo fa scrivere, ospitando sulle sue pagine, che sono isolate dal resto del quotidiano come il villaggio gallico di Asterix, articoli più analitici sulla storia e i personaggi del cinema.

Alberto è tra i miei pochi amici, al giornale. Mi ha invitato a cena a casa sua, una volta. La sua compagna dipinge improbabili quadri astratti che lui presenta agli ospiti con malcelato orgoglio. Anche lei ha una massa di capelli imbarazzante, dei vestiti hippie pieni di rassicuranti colori e un'allegria la cui sincerità stento a decifrare. Il loro loft, a San Lorenzo, sembra la Biennale del Caos. Quando mi ha mostrato la casa, Alberto mi ha fatto entrare in una stanza, l'unica chiusa da una porta. Chiusa a chiave, persino.

Mentre cercava di aprire la serratura, mi ha affibbiato un sorriso che sembrava dire: "Preparati, vedrai...".

La stanza era buia. Poi Alberto ha spinto un interruttore e si è accesa una luce rossa. Sembrava un piccolo laboratorio di sviluppo e stampa.

Appena gli occhi si sono abituati, ho capito invece di cosa si trattasse.

Fantastico!

Nello spazio grande di un ex magazzino di acque minerali Alberto aveva allestito una serie di tavoli, a diverse altezze, sui quali aveva riprodotto, in miniatura, gli ambienti di alcuni film che lui ha amato in modo particolare. Con un gesto della mano e un sorriso soddisfatto della mia prima emozione, mi ha invitato a cominciare il tour.

La stanza della scena finale di *2001. Odissea nello spazio*, la facciata del Cinema Paradiso, la piscina di *Palombella rossa*, il tavolo della roulette russa de *Il cacciatore*, il ballatoio di *Colazione da Tiffany*, l'aula scolastica di *Amarcord*, l'ufficio con il mappamondo de *Il grande dittatore*, il corridoio de *La famiglia*, lo studio da fotografo di *Blow Up*, il tavolo da gioco de *La strana coppia*, la baracca del lager de *La vita è bella*, la strada dove viene uccisa Anna Magnani in *Roma città aperta*...

Tutto era riprodotto in formato bonsai con maniacale precisione. Ogni dettaglio era perfetto: persino le figurine della banda di Noodles che, in *C'era una volta in America*, si muovono a Brooklyn avendo sullo sfondo il ponte, erano vestite esattamente come nel film.

Era un luogo da perderci settimane, non minuti. Ma un po' inquietante, sembrava il laboratorio di un serial killer.

«Bellissimo» gli ho detto. «Quanto ci hai messo?» gli ho chiesto sinceramente ammirato da tanta passione e tanta pazienza.

«Non parlare al passato. Ho cominciato al liceo e non ho mai smesso. Guarda qui...»

L'ho riconosciuto immediatamente, era l'interno della casa di *Stranger Things*.

«Ora mi sono dato alle serie. Quando muoio vorrei che ne facessero un museo, tipo Madame Tussauds. Mi aiuterai?»

«Lo farai tu, il tuo museo, la tua Cinecittà bonsai. Lo meriti.»

Ora sono al telefono con lui. Loredana mi ha chiesto di mettere il vivavoce. Mi risponde che stava proprio sistemando gli ultimi dettagli della scalinata di Joker ma mi ascolta con attenzione quando gli parlo di *Giorni di gloria*, il film di Visconti, Pagliero, De Santis, Serandrei. Gli spiego la storia dei tagli.

«Del film ricordo, del taglio non so nulla. Ma dovrei avere in libreria un volume di Serandrei. Vedo se lo trovo, se dice qualcosa e nel caso ti richiamo.»

Non mi richiama, mi arriva invece un messaggio che mi avverte che c'è una mail per me.

La apro, mentre Loredana si siede accanto.

Sono citazioni tratte da un libro scritto da Mario Serandrei e pubblicato dal Centro Sperimentale di Cinematografia alla fine degli anni Novanta.

Loredana legge ad alta voce i brani che Alberto ha selezionato.

Il primo è un saggio di Mario Musumeci che, citando un articolo di Castellani sulla rivista «Star» dedicato a Visconti, dice:

"Le riprese erano state organizzate con la massima cura. [...] Il Cinematografo fece il suo ingresso a palazzo di Giustizia con lo spiegamento eccezionale di ben otto macchine da presa piazzate nei punti cinematograficamente strategici dell'aula. Sei operatori italiani e due alleati erano a disposizione del regista. Si deve a questa inappuntabile organizzazione se tutta la scena dell'irruzione nell'aula da parte della folla esasperata poté essere ripresa nei suoi più impressionanti particolari".

Ma il brano più importante è quello contenuto in un testo di Giuseppe De Santis, grande regista del neorealismo:

"Per quanto riguarda il linciaggio di Carretta, qualcuno degli operatori si trovò fuori e Luchino naturalmente gli disse di seguirlo e girò anche il linciaggio. Non l'abbiamo mai montato tutto, nel film ce n'è soltanto un pezzettino. Non lo montammo per amore patrio, ci sembrava che far vedere in quel momento un furore così terribile, drammatico, tragico del popolo romano contro l'ex direttore di Regina Coeli fosse eccessivo. Forse sbagliammo, ma la nostra era una posizione politica e poetica. Si trattava di un episodio isolato, il popolo italiano era ben altro.

Volevamo far vedere un'altra Italia, quella della resistenza, quella che si era rimboccata le maniche. Lo stesso avvenne per tutto il materiale di piazzale Loreto che gli americani ci fornirono. Non ce la sentimmo di montare gli sputi, gli spregi, i calci. Dentro di noi non eravamo d'accordo con questo eccesso di brutalità e di furore verso i due corpi accasciati per terra".

«Una posizione politica e poetica» ripete ora, pensosa, Loredana.

22

Donato Carretta ha lasciato una macchia di sangue: "A distanza di metri dieci circa dall'inizio dello scalone del palazzo ed a 1,70 metri circa dal marciapiede salvagente destro (per chi guarda il Tevere) posto quasi nel mezzo della piazza stessa, è una macchia rossastra del diametro di 45 cm circa, con una grossa ramificazione lineare di circa 10 cm di lunghezza e di 5 di larghezza; altra pressoché delle stesse dimensioni, innanzi, e una vasta spruzzata a destra...".

Sulla sponda del fiume dove il corpo è stato ripescato "si nota solo che l'erba è stata calpestata tutt'intorno: in un punto appare come se un corpo umano vi fosse stato adagiato".

Sono le parole del verbale di "ispezione di località" che viene stilato, il giorno dopo i fatti, dal sostituto procuratore Aromatisi e dal tenente Vescovo.

Ci siamo divisi le carte, Loredana e io. È una tale mole che a leggerle da soli ci vorrebbe troppo tempo.

È una bella mattina. Il riscaldamento globale sgancia la sua seduttività pelosa, come il canto delle sirene. Ci costringe, mantra del nostro tempo, a godere del presente e a rimuovere radici e foglie della nostra vita. La luce forte e calda inebria e mette di buon umore, predispone a possibilità da godere e toglie la voglia di chiedersi perché, di sezionare l'anomalia delle estati che non finiscono, delle piogge improvvise e violente, dei fiumi secchi.

Oggi, non domani. Come tutto, ormai.

Questo momento mi pare sfiori la perfezione: il sole, la musica del sax di Coleman Hawkins che riempie la stanza, il caffellatte tiepido sul tavolo e soprattutto lei che lavora a poca distanza da me, la testa china su quei fogli d'antan e la matita tra le mani.

Queste carte in fondo sono più sue che mie. Lei le ha trovate, le ha trasportate, le sa decifrare, le padroneggia. A me incutono timore, vorrei mettere i guanti per consultarle; talvolta mi perdo nel linguaggio iniziatico del diritto. Il codice con le gambe, al quale lei ha indirizzato solo una frettolosa e distratta telefonata, avrebbe potuto darle più soddisfazione. Ma, forse sbaglierò, mi pare che anche lei stia bene, sia serena e si sia entusiasmata, come me, in questo viaggio a ottanta anni di distanza.

Le carte rendono quel tempo terribilmente vicino e hanno costruito una bolla entro la quale ci muoviamo. Una bolla esclusiva, che non ammette interferenze del futile presente. Noi siamo lì, trasportati dalle parole di testimoni reticenti, di professionisti dello scaricabarile, di funzionari preoccupati solo di dimostrare di avere fatto, tutti, tutto bene.

Carte, parole, che conservate dalla sapiente pazienza degli archivi sono più potenti della DeLorean di Doc Brown. I documenti ingialliti non hanno bisogno, come l'auto di *Ritorno al futuro*, di 1,2 gigawatt per precipitarti nel passato.

No, alle carte, alle parole, è sufficiente la sapienza degli archivisti, la coscienza dei conservatori, la testardaggine dei ricercatori.

«Giovanni, guarda qua.»

Quando mi volto, vedo Loredana che sventola dei fogli. Ha una faccia preoccupata, cupa: «Sono i risultati dell'autopsia».

Sento salire un fenomeno che so riconoscere, che ora padroneggio. Ma che non devo sfidare, non devo provocare. So che, se leggessi quelle parole, una crisi di panico non me la toglierebbe nessuno.

Da sempre ho paura del dolore, delle siringhe nel braccio per le analisi, delle alterazioni della normalità fisica. Una volta, da bambino, andai a trovare il mio amico del cuore al quale era morta una nonna, volevo stargli vicino. Ma lui insistette perché entrassi nella stanza dove lei giaceva. Era morta in casa. E c'è mancato poco che dovesse farmi posto.

Era verde, gonfia, sembrava un pallone e la sensazione che provai fu di orrore. Avevo fatto del bene a un mio amico e lui aveva fatto del male a me. Per notti non riuscii a dormire e da allora posso affrontare la morte solamente come evento letterario, storico o giornalistico. Ma non nella sua rigida e silenziosa fisicità.

«Non ti avvicinare» dico a Loredana. Lei sorride, sa di questa fobia. Le lascio il computer sul quale ho cominciato a organizzare gli appunti per la nota chiesta da Fabiani.

Sono arrivato al momento in cui lui, già morto, lascia

l'impronta del suo corpo sul greto del fiume. Sono ormai all'esterno.

Dell'interno di quel corpo offeso si occupi l'avvocatessa che, per mestiere, deve giocare con i referti autoptici come con le carte da Uno.

«Scansati, mammoletta. Fai fare ai veri uomini, che sono le donne, che per fortuna sono donne e non uomini. Voi ve la fate sempre sotto. Sapete menare e basta. Come questi disgraziati, in mille contro uno. Spostati e fammi scrivere, credo che al tuo capo interesserà. Nell'autopsia si trova spesso il racconto più preciso di quello che è davvero accaduto.»

Ammetto di non essere un rodomonte, ma almeno non picchio nessuno, non ho mai dato uno schiaffo in vita mia, la violenza mi fa ribrezzo, il sangue mi inorridisce. Preferisco essere lontano dallo stereotipo dell'uomo forte, ma coltivare i fiori più rari, in questo tempo con i denti aguzzi: la gentilezza, l'ascolto, l'accoglienza delle ragioni altrui.

Ecco perché la storia di questa violenza sbagliata e inutile mi attira quasi magneticamente, inorridendomi.

«Se ti fa impressione, non guardare quello che scrivo. Se vuoi ti metto Peppa Pig in televisione» dice la spiritosa. «Questo almeno lo puoi reggere: dall'autopsia abbiamo informazioni più precise su Carretta, uomo vivo. Era piccolo, nemmeno un metro e sessantadue, aveva capelli castano scuri, calvizie incipiente nelle regioni fronto-parietali, brizzolatura alle regioni temporali; barba e baffi recentemente rasi, sopracciglia folte e scure; dentatura sana: manca il premolare e il primo molare inferiore di sinistra.»

Mentre Loredana legge, penso a quell'omino che la mattina di un lunedì si è sbarbato davanti allo specchio, ha scelto i vestiti più giusti per andare in tribunale a deporre, si è ravviato i capelli. Lavoro inutile. I capelli strappati, il volto devastato, gli abiti lacerati e insanguinati. Tutto in poche ore.

Loredana pensa sia importante non risparmiare nulla, nella nota, alla lettura sapiente che Fabiani ne saprà fare.

Le dico di sentirsi libera. Non ce n'era bisogno, ha già cominciato a scrivere.

«I medici hanno riscontrato trentotto lesioni. Provocate nei quattro momenti del linciaggio: l'aggressione, l'annegamento, il trascinamento del corpo, l'impiccagione per i piedi. Ora non leggere... A carico del bulbo oculare destro si notarono dei veri e propri fenomeni da scoppio con prolasso del cristallino e profonda infiltrazione sanguigna, così come si osserva in quei casi nei quali un'azione contusiva violenta (per esempio un pugno violentemente vibrato) vada a colpire, e spesso ripetutamente, il globo oculare. Inoltre un complesso di lesioni contusive si notarono a carico del naso che apparve deformato, schiacciato per frattura comminuta dello scheletro... La parete toracica anteriore di sinistra è deformata, appiattita in corrispondenza della regione precordiale, ove si avverte crepitio osseo.»

Io leggo, mentre Loredana scrive. Ma lo faccio, sia chiaro, per puro dovere professionale, che deve essere più forte anche delle crisi di panico. Infatti cosa dico a Fabiani, se mi chiede delucidazioni? Che stavo vedendo

Peppa Pig e che quelle frasi le ha scritte una mia compagna di scuola perché io avevo orrore e ribrezzo?

Non sarebbe un buon biglietto da visita per un cronista. Teddy Sberla non lo avrebbe mai fatto.

Dunque mi faccio forza e leggo, dietro le spalle di Loredana che se ne accorge, si volta e mi sorride, materna.

«Ma lo sai che Carretta non è morto per tutto quello che gli avevano fatto? Se non svieni, segui quello che scrivo. Sono le parole dei medici: "Per quanto riguarda la causa ultima della morte, ricordiamo come all'autopsia ebbimo a constatare i polmoni notevoli espansi, con bordi ottusi, soffici, poveri di sangue, di color roseo pallido sbiadito, così come si osserva nelle morti per annegamento. Nel reperto sulle pareti della laringe, della trachea e dei bronchi, nel succo polmonare, nello stomaco e nel duodeno, di particelle di ferro e di carbone, che costituiscono nel loro insieme il cosiddetto plancton minerale. Non solo, ma nell'interno degli alveoli polmonari potremmo anche mettere in evidenza frammenti di tipo vegetale ed animale, che costituiscono il plancton vegetale e animale. [...] Il trovare tali particelle nei bronchi, oltre la quinta diramazione, e nello stomaco, e ancor di più nell'interno degli alveoli polmonari e nel duodeno, dimostra in modo inequivocabile che l'individuo ebbe a respirare attivamente il liquido annegante e che la morte pertanto fu dovuta ad asfissia per annegamento".

Ucciso dal plancton, non è incredibile? Lo hanno massacrato, ma lui ha resistito. Fino al momento in cui gente che forse non aveva neanche capito chi fosse e cosa stava succedendo, solo sospinta dalle urla di una folla impazzita, lo ha fatto affogare.

Gli ha riempito i polmoni di plancton.»

Il plancton, che fornisce ossigeno e carbonio organico per farci vivere.

"Plancton" è una parola che, se ricordo bene, proviene dal greco e significa "vagabondo".

23

Caruso sarà processato qualche giorno dopo, nella sede di Palazzo Corsini, e tutto si svolgerà senza incidenti. Verrà, al termine di due giorni di udienza, condannato a morte e Visconti girerà la sequenza della sua fucilazione. Su di lui, sui suoi orrori, scende così il sipario. Anche qui rimane però una scia di dolore. Nelle carte che Arnaldo ha trovato all'Archivio di Stato c'è anche, datata maggio 1946, una supplica della moglie al presidente del Consiglio Alcide De Gasperi:

"Moglie di Pietro Caruso condannato a morte dall'Alta Corte di Giustizia di Roma il 22 settembre 1944, informo sua Eccellenza della situazione della mia famiglia divenuta tragicissima.

Sequestratici arbitrariamente i mobili di casa dai partigiani di Bedonia in provincia di Parma dove li avevo sfollati da Trieste dove abitavo, per metterli al sicuro dai bombardamenti aerei, sono rimasta con i miei due figli senza neppure più il letto per dormire.

Dietro mio interessamento, i mobili furono sequestrati per conto dello Stato dal Tribunale dell'Assise Straordinaria di Parma. Detto tribunale dichiaratosi incompetente a decidere mi indirizzò all'Alta Corte di Giustizia di

Roma che aveva condannato mio marito. Presentai a Roma, il 22 dicembre u.s., l'istanza con i relativi documenti comprovanti la mia proprietà su detti mobili avendoli io acquistati con denaro datomi, a tale uopo, da mia madre Cinquini Evidea, che risulta persona abbiente capace dunque di avermi fatto il regalo della mobilia.

In data 6 maggio ho presentato tali documenti al sunnominato Ministero.

Mio marito, fino a tutto il 1943, Ufficiale Superiore della Milizia portuale nominato con Decreto Reale, aveva servito per ventisei anni nell'Amministrazione Statale ed ogni mese gli veniva detratta dallo stipendio una somma per il 'fondo pensione'.

Per ottenere la restituzione della mobilia e la pensione è necessario il vivo interessamento di sua Eccellenza. Da un anno, io con i miei figli, ci dibattiamo nella più spaventosa indigenza, abbandonati da tutti, nella impossibilità di trovare impiego, paghiamo con tanta sofferenza una colpa che non abbiamo commesso, poiché di questi tragici avvenimenti noi non siamo che innocenti vittime.

Eccellenza, mi perdoni se ho osato importunarla ma è questo il mio ultimo disperato appello, vorrei essere ascoltata non come moglie di Pietro Caruso, ma solo come una mamma che chiede aiuto per i propri figli".

Tra le carte c'è un successivo appunto dattiloscritto che così recita:

"Alla vedova CARUSO spetta l'assegno alimentare per sé e la prole in conto della pensione. L'istanza deve essere diretta al Ministero della Marina Mercantile (Divisione IV servizio portuario)".

Il processo del 1947 sul caso Carretta proseguirà stancamente, come dice un rapporto di polizia: "Senza grande interesse popolare". E si concluderà con condanne ridicole. La Cassazione rimetterà, due anni dopo, tutti in libertà, in applicazione delle leggi di condono del 1946 e 1948.

Con Loredana ci diciamo che forse l'Italia del dopoguerra si preparava a mettere sotto il tappeto la cenere degli anni della dittatura, a favorire la continuità del personale amministrativo, a segnare un generale "*scurdammuce 'o passato*" che, se spiegabile con il bisogno di pace e convivenza, ha però finito col lasciare irrisolti molti nodi di fondo del rapporto tra questo Paese e l'esperienza della dittatura e del consenso di cui essa incredibilmente godette.

Questo, almeno, penso io, mi pare che lei sia d'accordo, per quel poco che posso capire. Ma che i responsabili di quel delitto abbiano scontato solo una manciata di mesi di carcere è qualcosa che racconta un cortocircuito impressionante.

Razionalizziamo: un uomo, testimone d'accusa in un processo a carico di un aguzzino, viene linciato in un palazzo di Giustizia. Delle centinaia di persone che lo hanno picchiato, bastonato, affogato, impiccato, lapidato e che per una parte lo hanno fatto sotto l'occhio delle cineprese, ne vengono individuate ben poche. Solo tre saranno condannate, due con i benefici della seminfermità mentale. Dopo poco tutti sono comunque liberi, con il beneplacito dei governi della neonata repubblica.

La Ricottini, che ha scatenato la furia contro Carretta, viene così giudicata dal perito incaricato di verificare la sua salute psicologica:

"La Ricottini, al momento in cui fu commesso il fatto, era in stato d'infermità di mente tale da scemare grandemente la capacità di intendere e di volere. È da ritenersi persona socialmente pericolosa".

Con la medesima formula viene giudicato Mario Sagna, riconosciuto dal tenente Vescovo. Sagna non è che un millemestieri, uno di quelli che vivono di espedienti. La sua storia, come quella di tutti i giovani di quegli anni, è comunque interessante.

Durante la Prima guerra mondiale viene assegnato, diciottenne, a un reggimento di artiglieria di campagna e tenuto in servizio anche in zona di guerra. Destinato a una batteria di contraerei, dopo un paio di mesi viene ricoverato in un ospedale militare e riformato per fatti nervosi. Tornato a casa eredita dal padre e decide di oziare e di dilapidare bellamente il patrimonio. Viene ricoverato in manicomio nel 1921, 1923, 1925, 1926, 1933 sempre per crisi epilettiche e persino per "cocainismo". Si arrangia con la borsa nera, inventa di essere stato a via Tasso e dice che al bavero della giacca non aveva, come dicono i testimoni che lo accusano, il distintivo del Partito comunista italiano, ma quello degli invalidi di guerra, a cui dice di appartenere. Lo arrestano nel 1945 su un autobus, mentre tenta di borseggiare un uomo.

Il condannato principale del processo Carretta è Ezio Tomei.

In istruttoria la pietra tombale sulla sua dichiarata estraneità ai fatti è messa dal direttore tecnico del ministero dell'Interno che ha visionato da solo e con i testimoni il filmato di Visconti e alla fine ha sentenziato che "la persona effigiata nelle fotografie 15 e 3 si identifica per Tomei Ezio. Che la persona effigiata nella fotografia 14 con la massima probabilità si identifica per Tomei Ezio".

Tomei è un dipendente delle Ferrovie che viene riconosciuto da molti testimoni. L'avvocato Tullo Taormina, proprio il 25 aprile 1945, mentre l'Italia viene liberata, lo individua senza dubbio nel corso di una "ricognizione di persona", una di quelle procedure che abbiamo visto mille volte nei film. Il sospettato viene mostrato insieme ad altri soggetti che gli assomigliano. Taormina non ha dubbi: "Si tratta del giovane che colpì ripetutamente il dottor Carretta con un bastone, che si ruppe". Le immagini di Visconti lo colgono, inequivocabilmente, mentre scavalca il cancello; il tenente Vescovo lo riconosce come il facinoroso che voleva tagliare le gomme dell'auto che doveva portare via Carretta, altri confermeranno che è stato lui a gridare: «Fascisti, monarchici» ai poliziotti e ai carabinieri. È lui che urla, lo si vede nel film, «Il popolo, il popolo» per indicare chi ha il diritto di farsi giustizia. Forse è l'unico, almeno degli imputati, mosso da una ragione che si potrebbe definire politica.

Altri tre, Sagna, Romeo Recchi e Tullio Arconti, sono stati detenuti a Regina Coeli e lì possono aver covato desiderio di vendetta nei confronti del direttore del carcere.

Ma tutti gli altri? Possibile che né le testimonianze né i filmati abbiano consentito di riconoscere gli altri? Erano decine, forse centinaia, a menare, ma a giudizio si ritrovano in cinque: due assolti, due condannati con l'infermità mentale come attenuante, uno solo, Tomei, dovrebbe scontare dieci anni di carcere. Ne farà molti meno della metà.

La solitudine di Donato Carretta sta anche nel fatto che, evidentemente, non era importante che qualcuno pagasse per la sua morte.

«Loredana, se sei d'accordo ci andiamo a prendere qualcosa da mangiare per pranzo e poi lavoriamo sul tema vero che fa da sfondo a questa vicenda...»

Lei mi guarda e finisce la frase al posto mio.

«Già. Chi era, davvero, Donato Carretta?»

24

Ci siamo fermati a mangiare un panino al Giardino degli Aranci. Da qui si vede tutta Roma. Siamo stati un po' in silenzio, poi Loredana mi ha sorriso:

«Ci hai fatto caso che in questa vicenda compaiono inopinatamente cognomi che fanno parte della storia italiana? Mario Berlinguer, l'Alto Commissario per le epurazioni, era il padre di Enrico. Roberto Occhetto, il segretario di Caruso che con lui verrà giudicato, è omonimo, solo omonimo, del segretario che fece la svolta dal PCI al PDS. Il vicecapo della polizia fascista, Travaglio, il cui nome compare tante volte nelle carte, aveva lo stesso cognome, e null'altro, del direttore de "il Fatto Quotidiano". Per tacere di Caruso, che indegnamente si chiamava come il leggendario cantante lirico. Un caso, certo.

Ma curioso, ci pensavo ieri sera.

Volevo dirtelo, ma ti eri addormentato sui tuoi appunti, come un maturando la notte prima degli esami. Mi hai fatto una gran tenerezza, mi hai riportato a quelle giornate di luglio in cui mi sfottevi per la mia passione per la storia degli anni del fascismo e dell'antifascismo e poi però studiavamo insieme filosofia accapigliandoci su Hegel e Kant mentre ascoltavamo Loredana Bertè e i Boomdabash che cantavano *Non ti dico no*».

«I giorni più belli della vita, quando sei un centauro. Metà adolescente, quasi bambino, e metà adulto, con gli ormoni e i sogni a mille. Giorni di limbo e di totale libertà, senza responsabilità e con il gusto di aver finito il primo ciclo di doveri della vita.»

«Ti ricordi quando siamo andati al mare, fatti gli esami? Ci sentivamo le persone più felici del mondo. Hai ragione: quei giorni erano il tempo sospeso tra gli impegni svolti, la scuola, e quelli che sarebbero arrivati, l'università o il lavoro. Giorni con le ali. Restammo in spiaggia fino al tramonto.

Ogni tanto ci penso e mi si stringe il cuore. È quello che hanno fatto tutti i ragazzi del mondo, sempre? Non lo so.

Oggi mi vengono in mente i maturandi ucraini, israeliani, palestinesi, russi. Non andranno al mare, non guarderanno il tramonto pensando al futuro. La guerra mi fa schifo, anche quella di cui ci stiamo occupando. La guerra sta finendo, certo, però si trascina appresso, come bava di lumaca, l'odio, i rancori, la violenza accumulata, praticata, tremata sotto le bombe, in trincea, nelle prigioni, nei rifugi, nei mercati a cercare il cibo per i figli.

La guerra: quando il tuo destino non è in mano neanche ai tuoi errori, perché sganciare quella bomba sulla tua casa non è stata una tua idea, perché il comandante che ti manda a morire, per conto del dittatore di turno, se ne frega di tua madre che piange, dei tuoi figli che ti scrivono lettere che non ti arriveranno mai. Perché tu magari quel dittatore lo hai odiato, ma chi ti sta bombardando lo fa per liberarti da lui. È dalla tua parte, ma ti uccide.

Oppure ti sei fidato di lui, del dittatore, in maniera innocente, hai creduto alle promesse che ha fatto, alle balle sull'impero da conquistare urlando "VINCERE E VINCEREMO", ai bagnasciuga dove avremmo fermato il nemico, agli ebrei che ci toglievano il pane e sono finiti ad Auschwitz, alle camicie nere e alla luce sempre accesa a Palazzo Venezia. Sostenevi quel cialtrone – i dittatori sono sempre, tutti, dei cialtroni – senza guadagnarci nulla; forse lo sostenevi anche o solo perché così era abitudine o obbligo fare, allora.

Ti hanno portato a credere che uno diverso da te fosse una minaccia. Che quel normotipo, ariano e fascista o nazista, fosse la perfezione in carne e ossa. Il resto, spazzatura. Ti hanno insegnato ad amare il Duce e a odiare chi non lo faceva. Ma non è stata colpa tua se le cose sono andate come sono andate, il fratello morto in Russia, la casa bombardata, le bestie decimate dalla fame. Non è stata colpa tua, cosa potevi immaginare? Magari non avevi studiato, non sapevi leggere, al paese tutti obbedivano, anche il parroco, e anche tu obbedivi e, se di bisogno, applaudivi e urlavi quel bisillabo che toglieva ogni cattivo pensiero: DU-CE.

Ora tutto è finito, gli occupanti se ne sono finalmente andati – ma non erano i nostri alleati del cuore? –, adesso dicono che si potrà leggere vari giornali, sentire comizi diversi, persino dire quello che si pensa con la propria testa. Adesso mi viene voglia di vendicarmi di chi mi ha truffato. Sono io, la stessa persona che si entusiasmava

– così facevano tutti – per il bisillabo, che ora cerca quelli come me per guardarli in faccia, per chiedere loro ciò che dovrei invece domandare a me, proprio a me, la mattina davanti allo specchio: "Ma come hai fatto a credere a quel cialtrone? Non lo vedevi che ti toglieva l'ossigeno ogni giorno, che non ti faceva pensare, parlare, mangiare? Come hai fatto, scemo che sei stato, che sei stata". Giovanni, quanti erano, quella mattina, gli scemi che pensavano lo fossero solo gli altri? I tanti che hanno rimosso, per autodifesa o per cinica furbizia, di essere stati fascisti, di aver fatto finta di non sapere? Quelli che applaudivano, o che si erano acquartierati nella comodità della zona grigia, in cui non si vede, non si sente e soprattutto non si parla, e che poi si sono rivelati perfino i più feroci, gli urlatori con le vene del collo in bella evidenza, che magari invocavano la giustizia popolare perché quella vera, la giustizia dei tribunali e delle epurazioni, gli faceva paura?

La democrazia è pacata, risoluta, ferma. Ma pacata. Falcone era un urlatore? Lo era Borsellino? Moro? La democrazia non bastona, non lincia, non oltraggia. Semmai concede una pensione alla moglie e ai figli di Caruso.

Quel giorno si sono sommate tante cose, credo. La rabbia, certo, per tutto ciò che c'era stato prima, per non aver visto in faccia uno degli aguzzini, il dolore delle famiglie delle Fosse Ardeatine, persino il disagio per la differenza tra privilegiati e popolo nella distribuzione degli inviti, la sensazione che il processo si sarebbe concluso in farsa. Perché il fascismo, nella sua caduta, aveva travolto ogni fiducia nelle istituzioni, persino in quei ragazzi in divisa che venivano insultati da quel popolo di cui erano certamente figli.

Quella mattina però c'era anche altro. C'erano delinquenti e millemestieri, c'era gente che voleva far casino, sfogare rabbie che nulla avevano a che fare con la lotta per la libertà. Cercavano come faine un capro espiatorio per lenire la loro sofferenza.

Come fanno i social oggi, la ronda della rabbia.

Al crocevia di tutto questo odio, quello vero e quello isterico, si è trovato un piccolo uomo, uno che voleva accusare un fascista ed è stato scambiato per lui. Uno che mentre lo menavano avrà ripassato ogni istante della sua vita per capire cosa avesse fatto per meritare una punizione ben maggiore di quella che sarebbe arrisa ai tanti capi e capetti del fascismo, bastonatori e distributori di olio di ricino, che dopo pochi anni sarebbero stati ineffabili prefetti, avvocati del Foro, parlamentari di grido.

Uno che sarebbe stato bastonato e annegato da bambini e barcaioli, da ex detenuti e donne in preda a visioni allucinate. Per me l'antifascismo sta in Angelo Salvatori, non nei bastonatori. E le istituzioni stanno nella divisa del tenente Vescovo, non nell'ignavia dello scaricabarile dei responsabili della giustizia e dell'ordine pubblico.

La solitudine di Donato Carretta mi sembra inaccettabile. Se era un fascista, doveva essere processato. Se era un antifascista, doveva essere rispettato nella sua decisione di testimoniare contro un aguzzino, servo dei nazisti. Se era un po' e un po', non era in definitiva diverso da quelli che lo linciavano.

E allora, perché hanno impiccato uno come loro?»

25

Abbiamo predisposto due grandi fogli di carta, comprati mentre tornavamo a casa, e li abbiamo affissi a una parete. Ormai, complici l'estate e la dilatazione dei tempi che il weekend porta con sé, ci sembra che non esista altro, nella nostra vita, che questa storia.

Il codice con le gambe manda messaggini sempre più laconici, è a casa immerso in tutti i commi e i lemmi del globo. Loredana non è gelosa, sa che in sua assenza lui, al massimo, la può tradire con una procedura civile.

Fabiani ha detto al giornale, che tanto non esce il lunedì, che per questo fine settimana, almeno questo – cazzarola! –, sarei rimasto a casa a lavorare per lui.

E dunque possiamo muoverci liberamente negli anni Quaranta: siamo, Loredana e io, investigatori, esploratori, analisti.

Lei è entusiasta, questa storia l'ha portata all'incrocio dei venti che preferisce: l'etica della giustizia, l'investigazione, la transizione dal fascismo alla repubblica, l'analisi dei comportamenti umani. D'altra parte, non si nasce secchioni per caso. Ma è una secchiona simpatica, più "buferica" che precisina, non competitiva, non gelosa del suo sapere. Una secchiona democratica, che passava i compiti in classe, senza mettere il braccino egoista a protezione del suo lavoro, e che si vergognava di alzare la mano per prima.

Con la finestra aperta, mentre io metto le puntine per fermare sul muro i grandi fogli, uno giallo e uno bianco, lei trova, su una piattaforma, la colonna sonora ideale per sentirci immersi in quei giorni.

E così in quella stanza, immagino con sorpresa dei vicini, si diffondono le note delle canzoni del 1944. Pensavo di non conoscerne nessuna, invece mi accorgo che, per vie misteriose, mi risuonano dentro. Hanno attraversato il fascismo, l'occupazione straniera, la Liberazione, la ricostruzione, il boom, il Sessantotto, il riflusso, il terrorismo, Tangentopoli, la Seconda repubblica, il nuovo millennio e sono arrivate in questa stanza. Sembrano canzoni ragazze, persino più incredibilmente allegre dei monologhi ansiosi dei trapper contemporanei.

Ascoltiamo *Ti parlerò d'amor*, *In cerca di te*, *Casetta mia*, *Dove sta Zazà?*, *Ma l'amore no.* E poi una canzone del Quartetto Cetra. Loro piacevano tanto a mio nonno, lui diceva che erano antifascisti e di sinistra. Forse il titolo allora non è casuale: *Dove siete stata la notte del 3 giugno?*

La notte precedente la liberazione di Roma, per caso?

È la storia di una ragazza accusata da un tribunale per aver cantato in giro per la città. Per giudicarla le chiedono di accennare un brano: se piacerà alla giuria, verrà assolta. Lei esegue un frammento di *Ho un sassolino nella scarpa* che, ho letto su Internet, compare così per la prima volta nella storia della musica italiana.

Il testo si conclude con il verdetto:

"Carissimi colleghi
Che cosa ve ne pare?
Stando così le cose
Dobbiamo perdonar

'È bello, sì, cantare'
'Parararara'
'Noi pur vogliam provar'
'Pararara
La relazione
Della questione
In un archivio rimarrà'".

Dai faldoni in cui le aveva portate Loredana, dove erano rimaste, sono uscite le carte che ormai invadono il nostro tavolo.

Ora dobbiamo affrontare il più spinoso dei problemi, il giudizio, ammesso che se ne possa dare uno, sulla figura di Donato Carretta, direttore del carcere di Regina Coeli durante la fase finale del fascismo.

Con Loredana abbiamo deciso di scrivere sul foglio giallo tutto ciò che di negativo abbiamo trovato sulla sua carriera, su quello bianco la parte positiva. Con i fogli abbiamo comprato anche dei pennarelli che lei si diverte a usare per riportare le diverse tesi incontrate nella nostra ricerca e nei documenti sulla vita, il lavoro, le idee di Donato Carretta.

Era stato direttore del carcere dell'Asinara e poi a Civitavecchia. Sul suo comportamento qui si registra la maggiore quantità di capi d'accusa. Il libro del professor Ranzato riporta il testo di una lettera scritta da un dirigente napoletano del PCI, Salvatore Cacciapuoti, detenuto nell'istituto laziale che era destinato in particolare ai politici.

Il 17 novembre 1944 «l'Unità» pubblica un suo articolo dal titolo *Chi era Carretta?*:

"Con che raffinatezza aveva istituito la segregazione! Ogni volta che gli sgherri facevano rapporto, eravamo portati alla segregazione dove restavamo in attesa che il signor direttore si decidesse a esaminare la nostra pratica. Nell'attesa Carretta ci lasciava per 30-40 giorni isolati per darci poi una serie di giorni di pancaccio a pane e acqua... La buonanima di Carretta aveva messo a disposizione dei detenuti politici anche una lussuosa 'balilla' che lui diceva necessaria per il nostro 'divertimento'. Si trattava di un letto con cinghie e ganci sul quale eravamo inchiodati per delle intere giornate senza poterci muovere, senza avere la possibilità di alzarci per i nostri bisogni... E come si divertiva la belva Carretta quando andava a trovare i compagni legati sul letto di forza a schernirli, consigliandogli di non parlare più di politica".

Aldo Natoli, matricola 9436, e Vittorio Foa, 9420, hanno dato alle stampe negli anni Novanta un libro che contiene il registro delle punizioni dei detenuti politici, un librone di duecentonovanta pagine sulle pene inflitte agli antifascisti reclusi a Civitavecchia tra il dicembre del 1941 e il maggio del 1943.

Nel racconto di Natoli, dettagliato e lucidissimo, c'è la

testimonianza dell'esperienza politica vissuta durante la reclusione. È struggente il racconto della dimensione di "collettivo" con la quale i reclusi si proteggevano, discutevano, si formavano. Erano capaci, in gruppi di tre, di discutere delle glosse a Feuerbach di Marx o di scambiarsi, coprendolo con la copertina del libro *Cuore*, il saggio su *La concezione materialistica della storia* di Antonio Labriola.

Ma in quelle pagine c'è anche tutta la durezza e l'ottusità della persecuzione.

"Cacciapuoti, essendo stato picchiato brutalmente mentre si trovava all'isolamento (era stato sorpreso mentre comunicava con un compagno attraverso la finestra della cella), era riuscito a far pervenire al ministero la denunzia del fatto [...]. Il ministero restituì la pratica alla direzione del carcere. Cacciapuoti fu convocato dinanzi al Consiglio di disciplina (del quale faceva parte anche un cappellano che non risulta abbia mai aperto bocca), dove gli furono inflitti altri sessanta giorni di cella aggravata, per 'menzogne e calunnie' nella persona del capoguardia.

Era l'inverno freddissimo del 1942. Oramai il vitto che ci passavano era abbondantemente al di sotto del minimo indispensabile per la sussistenza. E Cacciapuoti avrebbe dovuto per trenta giorni mangiare solo pane (e acqua) e per gli altri trenta giorni in più una scodella di rape bollite."

Natoli non cita mai il suo nome, anche questo deve essere valutato, ma siamo nel 1942 e Carretta è direttore.

Non può non sapere, non può non vedere.

«Scrivi questa frase, Loredana, è contenuta nel verbale dell'interrogatorio che Antonio Pesenti, al tempo sottosegretario alle Finanze, rese al processo per il linciaggio: "Dal marzo 1937 al maggio 1943 fui detenuto politico. Al carcere di Civitavecchia dominava un capoguardia, certo Proietti, ed il regime di particolare disciplina istituito dal direttore precedente fu mantenuto durante la direzione Carretta che, anzi, lo accrebbe. Ai detenuti politici erano vietate le più piccole cose che in altri stabilimenti erano permesse. Tra di noi non ci potevamo scambiare niente e non si poteva discutere di politica. Nel 1943 chiesi udienza al direttore lamentandomi del sistema e facendogli presente che i detenuti politici potevano far parte, col cambiare dei tempi, di una classe politica al governo. Egli si scusò dicendo che riceveva istruzioni dal ministero ed in special modo ne riceveva per certi detenuti. Nell'agosto del 1944 mi recai a Regina Coeli per chiedere al Carretta i miei quaderni scritti durante la detenzione. Nell'occasione gli ricordai il passato. Egli si scusò asserendo che fino al 25 luglio 1943 non aveva visto chiara la situazione e che dopo l'8 settembre si era convinto e si era schierato dall'altra parte".

Pesenti è preciso: "Assistetti a Civitavecchia alla morte di sei detenuti politici ai quali si faceva mancare assistenza. [...] Dopo il discorso tenutogli un giorno il Carretta, in seguito a mie rimostranze, modificò una punizione che nei miei riguardi il capoguardia aveva proposto ingiustamente".

Ho trovato il suo libro di memorie, pubblicato nel 1972, e guarda cosa dice: "Quando morì Doni e subentrò Carretta, le cose peggiorarono. Meno abile del suo predecessore e forse, secondo le voci che correvano, anche meno corretto, diede pieni poteri al comandante delle guardie, al famigerato fascista Proietti".

A proposito del primo colloquio tra loro specifica meglio il tono: "Chiesi udienza al direttore e, quando fui ricevuto, chiesi di parlargli da solo e che fossero fatti uscire il comandante e la guardia che di solito assistevano. Così mi permisi di ammonire e di spaventare il Carretta: 'Stia attento a quello che fa' gli dissi, 'oggi noi siamo detenuti politici; domani' e tutti lo sentivano ormai vicino 'saremo martiri o uomini politici e considereremo lei responsabile dei maltrattamenti. Lei ha un solo dovere, custodirci perché non scappiamo, ma non deve permettere che siano attuate contro di noi vessazioni, provocazioni, punizioni ingiuste'. Non credevo allora di essere tanto profetico e che il Carretta avrebbe duramente pagato, vittima di un tragico e inumano linciaggio, la colpa di essere un direttore pavido, ossequiente verso tutte le autorità che, per sua disgrazia, mutavano troppo rapidamente. [...] Nonostante le sue giravolte (mi raccontò nel 1944 di essere molto cambiato e di aver persino aiutato la fuga di Saragat da Regina Coeli) non era all'altezza dei tempi. Per navigare in un mare tempestoso bisogna saper vedere un po' più in là della propria barca e avere coraggio".»

Loredana ha ascoltato e trascritto. Ora però si ferma con il pennarello in aria:

«Una testimonianza forte e autorevole, che però lascia spazio a una domanda: se Carretta era anche lui un aguzzino, perché Pesenti va a parlargli tranquillamente, nella Roma liberata, per chiedergli dei quaderni? Non avrebbe dovuto farlo arrestare o comunque non intrattenere rapporti con una persona che si era macchiata di quelle colpe?».

«Hai ragione. Ma, come dice lui, in quel tempo si navigava in un "mare tempestoso". Mi colpisce la definizione che di Carretta dà Vittorio Foa nel suo libro *Il cavallo e la torre*. Un giudizio che non abbiamo trovato nel suo contributo al libro di Natoli sul carcere di Civitavecchia.

Dopo aver ricordato che "poi avrebbe fatto qualche atto di umanità come direttore di Regina Coeli", Foa formula su Carretta, ma sbagliando il cognome, il suo giudizio apodittico.

Sono poche parole: "A Civitavecchia, Carretto era una gelida canaglia".»

26

“Una gelida canaglia.”
Era davvero così Donato Carretta?

Ora ci siamo dati il cambio. Io scrivo, Loredana detta.

Ieri notte mi sono occupato più della *pars destruens* della sua carriera, anche se non mi piaceva farlo.

Tra le carte che Arnaldo mi ha fatto avere dall’Archivio di Stato c’è un documento datato 15 luglio 1944 a firma del Comitato di liberazione nazionale la cui formula finale, dopo aver ricordato ciò che il direttore ha fatto di buono a Regina Coeli e ciò che ha compiuto a Civitavecchia, recita:

“Il CLN ritiene che l’operato degli ultimi mesi del dott. Carretta non è sufficiente a cancellare il suo passato e ne propone pertanto la rimozione dalla carica di direttore delle carceri di Regina Coeli”.

Sei giorni prima che fosse linciato, per conto dell’Alto Commissario per l’epurazione, Mauro Scoccimarro, deputato comunista, trasmette al procuratore del re “copia della denunzia presentata a carico di Carretta per i provvedimenti di competenza di codesto ufficio, ravvisandosi nei fatti esposti gli estremi del delitto previsto dall'articolo 325 C.P.".

Ma forse Carretta non era una "gelida canaglia". Forse non lo era mai stato, forse non lo era più.

Ora a parlare è Giuseppe Gracceva, membro dell'esecutivo nazionale dei partigiani d'Italia, coraggioso antifascista socialista.

Lo interrogano nel processo prima di Pesenti e lui dice: "Il Carretta mi venne presentato nel dicembre 1943 dal dottor Monaco, medico del carcere, con lui presi gli accordi di massima per tutto ciò che poteva essere di utilità ai detenuti politici. Egli permetteva che si corrispondessero con le famiglie, ci passava gli elenchi di coloro che dovevano essere deportati prima che costoro venissero avviati in modo da poter agire e ci prestava tanti altri favori. Il tutto tramite il dottor Monaco".

Poi racconta che:

"Il 3 aprile 1944 fui ferito dalle SS e dopo essermi gettato dalle finestre mi rifugiai in casa del dottor Monaco. Sopraggiunsero però le SS ed io dovetti fuggire attraverso l'abitazione del Carretta, il quale mi provvide di indumenti dato che io ero scalzo e in pigiama...".

Gracceva parlò poi della fuga di Pertini, Saragat e altri cinque, nel gennaio di quell'incredibile 1944:

"Fu organizzata dal nostro centro militare. Il Carretta non poteva sapere che gli ordini di scarcerazione erano falsi, egli però facilitò l'attuazione del piano che la scarcerazione – che di solito avviene al mattino successivo quando gli ordini arrivano di pomeriggio – avvenisse quella sera stessa e ci rilasciò anche un permesso per la circolazione dopo il coprifuoco".

«Giovanni, scrivi ora come gli stessi momenti sono raccontati dal dottor Monaco e da sua moglie Marcella, due protagonisti della Resistenza romana. Ti ricordi quando al cineforum della scuola ci mostrarono *Rashomon*? La stessa scena vissuta da più persone e descritta da ciascuno in modo diverso, in un conflitto tra oggettività dei fatti e difesa di se stessi. Vediamo cosa dicono.

Monaco: "Conobbi il Carretta quando venne a dirigere le carceri di Roma e mi accorsi che era ben orientato politicamente...".

Dunque la "gelida canaglia" per un antifascista come Foa è "ben orientato politicamente" per un antifascista come Monaco, davvero *Rashomon*...»

«Sì, la persona è la stessa, ma i momenti giudicati sono diversi» le rispondo.

«Non diversi, sembrano, ma opposti. Non era semplice in quel tempo...» chiude lei.

Continua dettandomi la testimonianza di Monaco:

«"Egli ci forniva preziose informazioni tra cui la lista dei deportati dei quali cercavamo di salvare i salvabili. [...] Un giorno, per un salvataggio di detenuti, il Carretta stesso fu imprigionato e così io stesso"».

Poi Monaco racconta dell'evasione di Pertini rivelando che la moglie aveva falsificato i moduli di scarcerazione che lei stessa consegnò al carcere alle 14. Aggiunge:

"Il Carretta telefonò dopo un quarto d'ora a mia moglie informandola che gli ordini di scarcerazione erano giunti, mia moglie si raccomandò di provvedere subito. Il Carretta rilasciò ai detenuti un permesso per la libera circolazione essendo sopraggiunta l'ora del coprifuoco".

Sempre parlando di Carretta:

"Un giorno usammo la sua carrozza e il suo cocchiere per trasportare delle armi. Sia nella mia che nella sua casa si lavoravano indumenti, si confezionavano bandiere, si piegavano giornali e tante altre cose, tutto ciò che può servire a un comando militare clandestino. [...] Molti detenuti furono sottratti al braccio tedesco col beneplacito del direttore".

Loredana apre un altro libro che ha trovato nella biblioteca di via Tasso, raccoglie le memorie di Marcella Ficca Monaco, moglie del medico delle carceri, militante socialista e amica di Pertini.

«Preparati» mi dice, «perché questa è forte.»

Sta parlando del rastrellamento degli ebrei dal ghetto:

«"Donato Carretta, già direttore del carcere di Civitavecchia e ora di Regina Coeli, destinato a una fine atroce, ormai divenuto amico di Alfredo, che si adoperava con solerzia nella cura dei detenuti, si rivolse a me per chiedermi di salvare almeno una bambina tra le persone catturate al ghetto. Lui stesso aveva sottratto un maschietto al triste destino"».

Marcella Monaco, nelle sue memorie, conferma la versione della vicenda Gracceva. Colpito da una SS, si rifugia sanguinante a casa di Monaco, che gli estrae il proiettile dal polmone e poi esce per cercare di farlo ricoverare. Il suo racconto testimonia dell'atmosfera di quei giorni:

"Una pattuglia tedesca giunge al portoncino della nostra abitazione e comincia a colpirlo ripetutamente col calcio dei fucili. Ho appena il tempo di far scappare la tata con mio figlio attraverso la soffitta per farle raggiungere l'alloggio del direttore Carretta. Il portoncino è ormai sfondato. Mi carico Peppino sulle spalle e percorro lo stesso tragitto che aveva percorso la tata poco prima. Giungo da Carretta che mi accoglie...".

Amedeo Strazzera-Perniciani, l'uomo che nel parapiglia del Palazzaccio ha cercato in tutti i modi di difendere dalla morte Carretta, parlando di lui nel libro di memorie *Umanità ed eroismo nella vita segreta di Regina Coeli*, pubblicato nel febbraio del 1946, racconta un altro episodio dei giorni che precedono immediatamente la liberazione del 4 giugno.

I nazisti controllano il terzo braccio e si pensa che possano, come avvelenatori di pozzi, fare delle carneficine prima di andare via. Un giovane, Bodo, che aveva sopportato ventitré interrogatori, teme per la sua vita.

«Scrivi, Giovanni: "Per sottrarre il prigioniero al tragico destino che pende sul suo capo, come la spada di Damocle, prendo accordi con il detenuto politico dott. Gasparri Loris, il quale, venuto dall'infermeria chirurgica, fa al Bodo un'iniezione che gli procura febbre fortissima, quasi a 42°. Il sanitario del carcere, chiamato da me, e in seguito a mia pressione, d'accordo con il direttore dottor Carretta, rilascia il nulla-osta per il trasporto in ospedale".

C'è un'altra citazione, riferita alla fuga di Pertini e degli altri. Racconta di quando Carretta fornisce un proprio soprabito agli evasi, ma si raccomanda che figuri solo come un'offerta della Commissione d'assistenza al detenuto più bisognoso.

È interessante il giudizio che Strazzera-Perniciani, che dirigerà il carcere dopo Carretta nell'Italia liberata, fornisce del suo predecessore: "Dopo breve tempo di rapporto d'ufficio con il dottor Carretta comprendo che è onesto, generoso e dotato di tutti i requisiti del gentiluomo. Stabiliamo appuntamento in casa sua, a sera inoltrata, per parlare di fatti importanti. Espongo il mio pensiero ed esamino la situazione politica in linea generale e particolare. [...] Il dottor Carretta ascolta con attenzione le mie parole ed al termine dichiara che egli aveva intuito la cosa e che è lieto di aderire al mio invito di collaborare per la libertà e per il riscatto della Patria".

Il cappellano del carcere, don Cosimo, davanti ai giudici: "Ho avuto l'impressione che il Carretta aiutasse, con impegno generoso, i detenuti politici. Diceva sovente 'da un momento all'altro ci si rimette la vita o per lo meno la libertà. Mi provengono certi ordini...'".

E poi don Cosimo aggiunge un particolare che fin qui non avevamo ancora trovato: "Ai primi del 1944 fu messo in camera di sicurezza ma poi fu liberato. Era voce comune che il salvataggio del dottor Monaco fosse dovuto al Carretta".

Mentre tu dormivi, Giovanni, sono andata sul sito dell'Archivio dei diari di Pieve Santo Stefano cercando qualcosa che riguardava questa vicenda. Ho trovato la testimonianza di Trieste De Amicis, un nome che è tutto un programma. Lei quella mattina era al processo e racconta quanto le aveva riferito la sua amica Zara Algardi a proposito di colloqui avuti con Carretta: "A Zara aveva detto che temeva i tedeschi per certi salvataggi che aveva fatto ma che esitava a lasciare il suo posto perché sarebbe stato probabilmente sostituito da qualche aguzzino. Le aveva chiesto comunque se avrebbe potuto trovargli segretamente un appartamento dove nascondersi con la sua famiglia".

In un altro diario, quello di Ines Ghiron, si dice: "Quando i tedeschi vennero a Regina Coeli per prelevare gli ostaggi, il direttore del carcere, Carretta, fece notare, con una buona dose di coraggio, che dieci persone erano già state ammazzate dai tedeschi, subito dopo l'attentato, in via Rasella e che quindi lui avrebbe depennato dieci nomi dalla lista già pronta: tra quei dieci nomi c'era anche quello di Pietro, per pura combinazione. Vennero a prelevarlo nel cortile; lui vide il suo amico Pilo salire sul camion dove avrebbe dovuto andare anche lui e provò un senso di colpa per non essergli rimasto al fianco. Non lo rivide più.

[...] Carretta ne aveva salvate dieci, e pare avesse sempre fatto il possibile per proteggere e trattare umanamente i prigionieri del carcere".

Sei esausto? Non ho finito ancora. C'è un'ultima testimonianza, contenuta nel romanzo-verità di Gino De Sanctis *Il violino della Quinta Armata* pubblicato da Feltrinelli nel 1961. Riferito al caso di Tom, un detenuto che era stato scelto per essere fucilato alle Ardeatine nonostante fosse in infermeria, l'autore scrive che Carretta disse all'antifascista terrorizzato: "Sono riuscito a depennare undici di voialtri, tu e dieci ebrei. Va' su in infermeria, non ti muovere".»

Sono rimasto con la penna in aria. In questi racconti c'è tutto l'orrore della guerra, dell'invasione straniera, della vita umana che diventa merce, numero, coraggio e pavidità.

E poi mi ha colpito il lavoro di Loredana, per qualcosa che riguarda me, solo me.

Adesso sembra anche lei disfatta.

Trova solo la forza per aggiungere una cosa, ora che tutto, nel cielo, è rosso.

Mi dice: «Non volevo crederci, ma è così. Scrivi questa frase.

Carretta sapeva che suo figlio, dal settembre del 1943, era stato internato dai nazisti in un lager in Germania, deportato come ufficiale che non aveva aderito a Salò».

27

«Ma se il figlio era internato in un lager, perché lui non ha approfittato della posizione che rivestiva per ottenerne il rientro? Se solo avesse detto ai nazisti, che so, di Monaco o di Strazzera-Perniciani o se avesse fatto la spia sulla fuga di Pertini, non avrebbe potuto far tornare suo figlio? Invece ha rischiato. Ha rischiato la propria vita. Con i nazisti, che lui vedeva regolarmente a Regina Coeli, dove lavorava e viveva, non si scherzava.

L'ha rischiata salvando prigionieri, l'ha rischiata con la bambina del 16 ottobre, l'ha rischiata facendo passare Gracceva da casa sua, dando il cappotto agli evasi di gennaio...»

«È vero» mi ha risposto Loredana, sedendosi al tavolo. «Io credo che per rispondere alla domanda che ci siamo posti – chi era Carretta – dobbiamo calarci fino in fondo in quegli anni, in quei mesi. Ti sei reso conto del precipitare vertiginoso degli eventi? In pochi mesi cambia tutto. Come era cambiato in una settimana, quella che trascorre dal bombardamento di San Lorenzo alla seduta del Gran Consiglio, sei giorni in cui si sbriciola un regime durato vent'anni. Tutto sparito: le imprese coloniali, il libro e moschetto, le giovani italiane, le adunate del sabato, il balcone di Palazzo Venezia, i telefoni bianchi, i salti nel cerchio di fuoco, l'Asse con Hitler. Tutto polvere, in una settimana.

Poi c'è stato l'8 settembre, autentico trauma per la nazione. Quando non si capiva più chi era il nemico e chi l'alleato. A chi i soldati dovessero sparare, a chi dovessero dare la mano. Come nel film con Sordi, come si chiamava?»

«*Tutti a casa*, si chiamava» le dico.

«Ma quelle case erano vuote perché i maschi erano in guerra e le donne a cercare cibo; erano case bombardate, piene solo di dolore e di fame.

L'Italia aveva gli occhi sbarrati. I giornali che dopo il 25 luglio avevano conquistato la libertà erano tornati a essere fogli in mano ai fascisti e ai nazisti che occupavano l'Italia. Non ci si capiva più nulla, credo.

E anche le persone erano sballottate in questo tornado. Chi era antifascista stava in montagna o nella clandestinità, chi era stato compromesso con il regime non sapeva se continuare a esserlo, sotto la garanzia delle SS, o se cambiare casacca dato che la guerra andava male e, lo si era visto, il fascismo era stata una tigre di carta, dissolta da un re fellone e da gerarchi inquieti. E ora, con Mussolini ridotto a pupazzo del Reich, era miseramente divenuto addirittura una tigre di cartapesta.

Cosa fare, si devono essere chiesti tutti, in quei giorni. Chi era stato nelle istituzioni del regime, con l'alibi, troppo comodo, di servire lo Stato indipendentemente da chi lo governava in quei giorni non avrà dormito la notte, pensando alla scelta da compiere.

Di qua, di là, sparire?

Spesso non era la coscienza a guidare le decisioni, ma la convenienza, la prudenza, il tornaconto, la salvaguardia.

Questo non valeva per i partigiani, che combattevano contro i due nemici, i fascisti e i nazisti. Quella era una scelta di vita. Come fu per il tenente Giglio. E per migliaia di operai, professori, fornai, intellettuali, braccianti, studenti, soldati che combatterono, furono imprigionati, torturati, morirono.

Loro non esitarono, non fecero calcoli di convenienza.

E gli altri, dominati dalla consapevolezza di essere stati raggirati dal fascismo, ma paralizzati dal terrore delle rappresaglie naziste? O quelli che non avevano smesso di rivestire responsabilità pubbliche in quei due anni in cui tutto è cambiato, cambiato dal giorno alla notte, tante volte, e che ora non sapevano quale fosse la cosa giusta da fare?»

«Ecco, Loredana, secondo me Carretta era uno di questi. Era un frequentatore impaurito del limbo limaccioso di quel tempo viscido. Non credo certo tra i peggiori. In fondo nessuno dei detenuti politici, salvo Foa, lo mette personalmente sul banco degli accusati. Non era certo Koch, non era Caruso. Non aveva le mani sporche di sangue, insomma. Ma era stato all'Asinara e poi a Civitavecchia e lì aveva tollerato le scorribande di uno spietato capoguardia fascista. Non poteva non sapere cosa accadeva lì dentro e forse ha girato la testa, forse ha cercato di mitigare o forse ha coperto. Non possiamo saperlo.

Immagino che il discorso, quasi una minaccia, che gli ha fatto Pesenti debba averlo colpito. In fondo non gli aveva detto una balla: il detenuto politico che quel giorno lo ammonì pochi mesi dopo era diventato sottosegretario alle Finanze.»

«Pensa quanto sarebbe felice di sentirci parlare così il professor Scola. Ti ricordi quando decise di accelerare lo studio degli altri periodi storici per farci arrivare presto al Novecento? Abbiamo passato mesi a studiare la Prima guerra mondiale, l'avvento del fascismo, il regime, la Seconda guerra mondiale, la Resistenza, la Repubblica, la Costituzione. Mesi meravigliosi, ricordo che cominciammo a gennaio e, man mano che andavamo avanti, le giornate erano più limpide, duravano di più e sembrava che l'intensità della luce fosse sincronizzata sul cammino del Paese.

Del 25 aprile parlammo nel giardino della scuola, la primavera era davvero arrivata.

Quelle con lui non sembravano lezioni, non aveva certezze da ammannirci. Ti ricordi come ci disse la prima volta? "Aiutatemi a capire, da solo non ci riesco."

Una mattina ci fece vedere un dvd con i discorsi di Mussolini, quel tono, quelle espressioni, quel roteare del busto, quello sgranare gli occhi, quelle frasi da spaccone.

"Come è potuto succedere? Come abbiamo fatto noi italiani, figli di Michelangelo e di Dante? Come siamo potuti diventare tanto ingenui da credere a questo tipo che ci mandò in guerra e ci fece bombardare? Dobbiamo studiare com'era la democrazia ante marcia su Roma, cosa è stato il primo dopoguerra, per cercare di capire. Io non riesco a darmi pace. Mio nonno è morto in mare, senza sapere neanche perché gli toccava sparare siluri contro gente che voleva salvarci dalla dittatura e dalla fame. Avete idea di quanti ragazzi americani in divisa morirono per toglierci dai guai? Più di quattrocentomila. E i soldati russi? Otto milioni. I tedeschi, vittime di Hitler, furono, in tutto, sette milioni, due dei quali erano civili. E noi italiani perdemmo quasi mezzo milione di vite umane: più di trecentomila in divisa, gli altri sotto i bombardamenti.

Vi rendete conto? Mezzo milione di storie individuali, di affetti, di sogni. Ora, moltiplicate per cinque o per sei i familiari che avranno sofferto, mogli, madri, padri, fratelli, sorelle, amici, e vi renderete conto della dimensione di quella tragedia. Mezzo milione di morti, come se sparisse Genova o Firenze o Bologna. In tutte le famiglie italiane quelle storie hanno lasciato un segno."

Poi si fermò e ci chiese: "Qualcuno di voi ha racconti ascoltati in casa su quel tempo?".»

«Certo, ricordo bene quel giorno, Loredana. La prima mano che si alzò fu la tua.»

28

«Ma quando il professore ti chiese se volevi raccontare, tu scuotesti la testa. Dicesti che preferivi di no. Lui, con la grazia che gli era propria, non insistette. Ora ti va di parlarne a me?»

Loredana ha uno sguardo per me inedito, uno sguardo smarrito. Ripete lo stesso gesto di anni prima e per un momento mi sembra che siamo tornati sui banchi, quel giorno.

C'è silenzio, ora in questa stanza. Lo stesso che si fece nell'aula della terza C quella mattina.

Lei ha voglia di cambiare discorso. Sventola dei fogli.

È il giudizio che la commissione d'inchiesta ha formulato su Carretta:

"Dai precedenti di carriera, riassunti nel rapporto della direzione generale degli istituti di prevenzione e di pena e nelle attestazioni dei suoi superiori, risulta che il Carretta era un funzionario capacissimo, onesto, ligio allo adempimento del dovere, ma ispirato nel suo compito da un sicuro senso di giustizia e da sentimenti di umanità verso i detenuti.

Come tutti i funzionari dello Stato si era dovuto iscrivere al Partito fascista, ma non aveva mai svolto attività politica, né aveva mai ricoperto alcun incarico".

E sul suo periodo come direttore del carcere di Civitavecchia:

"Fu appunto in questa sede che sorsero alcune voci che hanno dato all'accusa formulata da alcuni giornali, dopo la tragedia del 18 settembre, che il Carretta, durante la permanenza a Civitavecchia, avrebbe dimostrato una ripugnante durezza di cuore e un particolare accanimento contro i detenuti politici.

Invitati i direttori dei giornali a precisare le fonti alle quali avevano attinto tali notizie, uno di essi non ha saputo dare alcuna indicazione, affermando di avere appreso le notizie da voci che circolavano a Roma e che erano state raccolte dai cronisti; l'altro non ha risposto.

D'altra parte l'ispettore superiore del Ministero comm. Varracino ha spiegato la probabile origine di quelle voci che avrebbero colpito soltanto di riverbero la persona del Carretta, in quanto a lui si sarebbe fatta risalire la responsabilità del comportamento duro di un capoguardia, fascista facinoroso e membro di quel direttorio, nei riguardi dei detenuti politici.

Le voci e gli apprezzamenti malevoli restano, pertanto, privi di precisazione e di concretezza per la mancanza di prova di alcun fatto specifico addebitabile al Carretta; anzi si hanno elementi per ritenere quelle voci infondate".

Sulle accuse della Ricottini circa il fatto che lei avrebbe dato al Carretta del denaro per far liberare il figlio, circostanza che in effetti il dibattimento aveva già smontato, ritenendo più probabile che un doppiogiochista che operava nel braccio sotto le dipendenze dei tedeschi, tal Bertoni, abbia millantato un'influenza sul direttore, la commissione d'inchiesta dice in modo conclusivo:

"Tutti i testimoni concordemente hanno affermato che la persona del Carretta non poteva essere offuscata neanche dal più lontano sospetto di venalità. Egli non solo non chiese, ma non accettò mai alcun compenso per quello che faceva per salvare i detenuti che erano oggetto di persecuzioni politiche.

Si è chiarito nella relazione quale origine abbiano potuto avere le accuse contro di lui lanciate dalle donne parenti di vittime politiche che con i loro furori isterici avevano provocato il primo incidente nell'aula contro il Carretta; ma tali accuse sono risultate infondate.

Tutti questi elementi servono ad illustrare l'aspetto più importante e simpatico della vita del Carretta: quello del cittadino consapevole dei suoi doveri nei momenti più gravi della Patria.

Giustizia esige che per questo fatto sia reso un omaggio rispettoso alla sua memoria".

Loredana si ferma un attimo. «Non ti sembra strano quell'aggettivo? Come si fa a immettere la parola "simpatico" in un rapporto sul linciaggio e l'impiccagione di un uomo? Essere un cittadino consapevole dei propri doveri non è dimostrazione della personale simpatia. Come se, improvvisamente, in una descrizione fredda si volesse far irrompere uno sbaffo di colore. La difesa di Carretta, alla fine della fiera, mi sembra giusta. Ma qui si va oltre.

Io, Giovanni, mi sono fatta l'idea che Carretta si sia

comportato come tanti italiani che si sono trovati in quell'incendio.

Aveva servito, senza prenderne le distanze, il fascismo che recludeva chi dissentiva, aveva tollerato le violenze in carcere dei capiguardia facinorosi. Lo aveva fatto, forse, pensando che quello fosse il suo dovere, la sua responsabilità di funzionario dello Stato regio.

Poi ci sono stati l'8 settembre e l'occupazione nazista. Suo figlio deportato, le parole di Monaco, quelle di Strazzera, le Fosse Ardeatine. Carretta decide di fare il salto. Si spoglia del senso del dovere o dell'obbedienza che lo aveva portato a eseguire ordini e leggi infami e decide di rischiare, rischiare di grosso. Per quello che ha fatto, nella sua posizione, le SS avrebbero potuto ucciderlo.

Agì per furbizia o per coscienza? Memore delle parole minacciose di Pesenti o perché l'orrore della guerra e il disfacimento del fascismo e del nazismo si squadernarono davanti ai suoi occhi, in quei mesi d'inferno?

Avrà pensato forse che per lui la vittoria delle forze di liberazione avrebbe significato quell'epurazione che Scoccimarro e il CLN sembravano volere. Avrà temuto rappresaglie per se stesso e la famiglia.

Ma, seppure impaurito, Carretta non si è nascosto. Non ha fatto come tanti camaleonti, che la sera del 25 luglio buttarono i distintivi del Duce nel cesso, andarono in piazza a farsi vedere mentre ne bruciavano l'effigie e poi magari, dopo l'8 settembre, non esitarono a diventare delatori per la banda Koch salvo poi, a Roma liberata, magari andare al palazzo di Giustizia per accanirsi contro il primo che capitava, in nome, naturalmente, del popolo.

In Italia il vizio dell'ottosettembrismo è sempre stato una costante.

Carretta, un uomo piccolo in un tornado, non si è comportato però come loro. Non si è nascosto, ha scelto.

Voleva acquisire benemerenze nel nuovo tempo? Può essere, certo. Però se le è meritate.

Ha rischiato la vita, altro che "simpatico". Ha rinunciato a salvare il figlio, altro che "simpatico".

La mattina del processo andava a testimoniare contro qualcuno che aveva combattuto, in quel fatidico 1944. Non dopo, prima della Liberazione.

Ma la folla, quella che si arroga il diritto di fare giustizia da sé, forse lo scambia per Caruso, forse lo identifica, per il ruolo rivestito, con i responsabili della persecuzione contro gli antifascisti, forse ha solo bisogno di una vittima per placare la rabbia.

Forse i bagnanti del Tevere o i passanti che si mettono in corteo per andare a impiccare un uomo morto non sanno neanche perché lo fanno.

Forse solo perché lo fanno gli altri.

Ma non è proprio così che era cominciato il fascismo?»

29

«E questo, ora? Dove lo hai preso?»

Loredana mi toglie dalle mani un foglio ingiallito, protetto da una copertina di plastica. È una copia de «l'Unità», l'edizione del 19 settembre 1944, il giorno dopo l'assassinio di Carretta. Il titolo è: *La popolazione di Roma esige il pronto castigo dei criminali fascisti.*

Nel lungo editoriale non compare una sola parola di condanna per il linciaggio e l'impiccagione.

«Carretta non era né criminale né fascista. Non si era macchiato di sangue innocente, come tanti fascisti. Semmai aveva aiutato gli antifascisti. Se poi, a giustificarne il massacro, bastavano i suoi precedenti di funzionario asservito a un regime dittatoriale, allora quel giudizio si sarebbe dovuto estendere, va detto, a molti dirigenti dell'antifascismo italiano che avevano militato nelle file del fascismo con convinzione, ed eravamo già dopo il feroce assassinio di Matteotti e la spietata rivendicazione da parte di Mussolini. Allora tanti, anche insospettabili, offrivano il loro pensiero a riviste fasciste, militavano nei Gruppi universitari fascisti. E non era stato forse Togliatti, cosciente di questa profondità del legame emotivo con il regime, a dire che non si doveva precludere l'iscrizione al PCI neanche a chi aveva prestato giuramento alla Repubblica sociale?

Bada, Loredana, il mio non è un giudizio morale, non so cosa avrei fatto io. Chi era nato negli anni Dieci e Venti aveva conosciuto solo il fascismo, non sapeva cosa fossero la democrazia, la libertà. E dunque è forse spiegabile un misto di asservimento allo spirito del tempo, una forma di conformismo e, insieme, l'idea romantica di partecipare a una rivoluzione che sacrificava il diritto in cambio di una annunciata modernizzazione nazionale.

Non so giudicare, mi viene difficile farlo con la coscienza di oggi. Se i ragazzi di quegli anni avevano conosciuto solo la dittatura, noi, per fortuna, abbiamo conosciuto solo la democrazia.

Però voglio applicare la stessa onestà anche nel valutare il giudizio de "l'Unità". Mi appare certo incredibile che, in tutta la prima pagina, l'unico accenno diretto al caso Carretta sia l'incipit di un box in neretto: "In forme che non vogliamo giudicare, la popolazione di Roma ha dato a tutti un potente avvertimento".

Come "forme"? Come "non vogliamo giudicare"? Proprio quella "forma" doveva essere giudicata con durezza, per salvare la sostanza del giudizio che il giornale e il partito di Togliatti, che sarà peraltro ministro della Giustizia, volevano dare scrivendo nell'editoriale: "È trascorso più di un anno da quando si è iniziata la liberazione dell'Italia. Sono passati quasi quattro mesi da quando è stata liberata Roma. Sono mesi e mesi, dunque, che il popolo attende che si inizi l'opera di punizione e giustizia che è premessa indispensabile della rinascita, della rigenerazione del nostro Paese".

E più avanti prosegue: "Chi ha visto lo spettacolo terrificante di centinaia di cadaveri ammucchiati nelle Fosse Ardeatine; chi ha visto e vede ancora nelle nostre province perpetuarsi situazioni reazionarie ad opera degli stessi profittatori del fascismo i quali continuano a svolgere indisturbati la loro opera nefanda di oppressione e sfruttamento, chi ha visto ieri incaricati del servizio d'ordine le stesse bieche figure di poliziotti che alcuni mesi orsono davano accanitamente la caccia ai patrioti...".

Pensaci, Loredana, sta tutto in quelle due parole: "pochi mesi". Sono passate settimane, non decenni, da quando i nazisti e i fascisti rastrellavano nelle case, meno di un anno dalla deportazione di più di mille ebrei dal ghetto, settimane dalle torture della banda Koch, settimane dal martirio del tenente Giglio.

Noi, qui, ottant'anni dopo, facciamo presto a giudicare, abituati come siamo ai meravigliosi principi della democrazia, all'inviolabilità della persona umana, alla coscienza dell'orrore della morte inferta, a chiunque, dalla mano pubblica delle istituzioni.

Allora il dolore gridava, non era sulle pagine dei libri. Non c'erano film o romanzi, c'erano vite spezzate, famiglie devastate, corpi martoriati. Tutto era caldo, torrido, difficile potesse essere razionale e composto. E d'altra parte, se ci pensi, anche noi siamo stati testimoni di qualcosa di simile.»

«Che vuoi dire?» mi incalza Loredana.

«Voglio dire che, anche ben dopo la fine della Seconda

guerra mondiale, democrazie che hanno sconfitto dittature hanno eliminato brutalmente i simboli del vecchio regime. Forse il processo a Ceauşescu si è svolto con le regole dei diritti umani? Gli si è data la possibilità di difendersi, con un avvocato e una giuria obiettiva? E le immagini del corpo suo e della moglie diffuse in tutto il mondo come un trofeo? Non era anche quella una piazzale Loreto? E perché nessuno, all'alba degli anni Novanta, si è indignato?

O Saddam, catturato in un tombino dopo la vittoria degli americani, e impiccato, sì impiccato, in diretta televisiva? E Gheddafi linciato ed esposto dai trionfatori delle primavere arabe, sostenuti dall'Occidente? E, ora ti farò rabbrividire, lo stesso Osama bin Laden ucciso tra grida di gioia nella situation room della Casa Bianca?

Non giudico, registro. Che i principi non si possono applicare a fisarmonica, non possono essere stiracchiati a piacere, essere ragione di feroci condanne morali in certi casi e in altri no.

Ma il problema, nella nostra storia che stiamo raccontando, è che non eravamo di fronte né a Mussolini né a Ceauşescu.

Donato Carretta non ha ucciso nessuno, non meritava di morire. E se anche fosse stato duro come direttore del carcere di Civitavecchia o avesse lasciato correre le nefandezze di un capoguardia fascista, se anche non si volessero considerare gli oneri e i rischi che lui si assunse nel dopo 8 settembre, quello che avrebbe meritato, al massimo, era un processo, con un bravo avvocato e il giudizio dell'Alto Commissario per le epurazioni. Non di essere maciullato, affogato, impiccato.

Molti suoi colleghi funzionari dello Stato che collaborarono con il fascismo, anche molto più attivamente e convintamente di lui, furono graziati dall'amnistia di Togliatti e fecero luminose carriere. Ho letto da qualche parte che Sandro Pertini si rifiutò, durante una cerimonia, di dare la mano al questore Guida, che era stato in vari ruoli nella polizia fascista e dopo la strage di piazza Fontana, da capo della Questura di Milano, aveva indirizzato le indagini sulla pista anarchica.

Ecco quale mi sembra la assurda contraddizione di questa vicenda: un uomo che aveva aiutato Pertini a evadere dalle carceri fasciste veniva linciato dalla folla in nome della rabbia popolare e un altro, che merita il disprezzo dello stesso Pertini, viene graziato da Togliatti e diventa uno dei più alti funzionari dello Stato repubblicano.

La giustizia a testa in giù.

Come il corpo di Carretta.»

30

«Ora abbiamo finito, gli elementi ci sono tutti. Stanotte finisco di scrivere la nota, si fa per dire, per Fabiani e domani gliela porto. Appena ho terminato te la invio, così mi dici se va bene secondo te.

Credo che abbiamo fatto un buon lavoro, insieme. Il professor Scola sarebbe fiero di noi. Come noi eravamo fieri di lui. Ti ricordi quando cominciava a raccontare le sue storie? Ne aveva una per ogni periodo che voleva insegnarci. Chissà se erano vere, ma chi se ne importa. Una mente che crea una favola la rende viva, di carne. Biancaneve è viva e lotta insieme a noi anche se i fratelli Grimm, che l'hanno raccontata prima di Disney, oggi finirebbero a Guantánamo con la tuta arancione indosso. I sette nani... Più *body shaming* di questo.»

È carina Loredana, quando ride. In genere tutte le persone sono più belle quando sorridono. Ma in questo periodo lo sono tutti un po' meno, inciprigniti con il mondo e azzuffati con gli altri. Loredana ride anche se, secondo me, lei condivide il politicamente corretto e, mi sa, persino la *cancel culture* che ora vorrebbe convincerci che financo Giacomo Leopardi era un brutto tipo.

Che fosse di buon umore no, ma misogino e razzista mi pare troppo, suvvia.

Ma se Loredana ride, forse non mi ha considerato inopportuno. D'altra parte, rideva pure quando, erano già altri tempi, il professor Scola infarciva le sue lezioni anche di battute e di citazioni irriverenti. Tutti noi lo ascoltavamo a bocca aperta, non volava una mosca in classe, quando spiegava. Anzi, quando raccontava.

Ecco, forse anche da lui, oltre che dalla passionaccia artigianale di mio zio, da mio padre che mi leggeva i quotidiani, ho imparato la meraviglia racchiusa in questo mestiere. La bellezza del narrare e, facendolo, di descrivere il reale o di inventare storie fantastiche. Vorrei essere Truman Capote e Italo Calvino, Norman Mailer e Federico Fellini, Robert Capa e Jorge Luis Borges.

Loredana ha scelto invece di essere un'enciclopedia di numeri e di articoli ai quali aggiunge la sua capacità di collegare i punti, di dedurre, organizzare, razionalizzare. Forse facciamo, o vorremmo fare, lo stesso mestiere e non lo sappiamo. Fatto sta che la sua precisa testardaggine e la mia curiosità ci hanno portato ad accumulare ottimo materiale e, mi pare, riflessioni utili per l'articolo di Fabiani. E lei si è tante volte emozionata, smentendo la mia idea iniziale. Pensavo che lo studio delle norme insegnasse a essere freddi, distaccati. Se pure succede, con lei non è riuscito.

Mi dispiace che da oggi si torna ciascuno alla propria normalità. Io alla luce del neon della strada degli apericena, che si accende e si spegne senza che nessuno la ripari, e lei a casa con il codice con le gambe che la annoierà con le sue dotte considerazioni, prolusioni, annotazioni.

Chissà se ci penseremo, io guardando i miei coetanei con la birretta in mano e Loredana facendo finta di ascoltare quel tomo.

Lei ha preso la borsa, e mi sorride. Mi sono messo in mente che non le va tanto di andare via. Forse mi sbaglio. Però è sbrigativa, come se il momento del distacco le pesasse o almeno la imbarazzasse. O magari pensa che io, in queste ore di convivenza, chissà che idee strane mi sono fatto.

Ma nessuna strana idea, sto bene così.

Quante elucubrazioni, quante ipotesi, quanti misteri da scoprire nel decifrare il pensiero altrui, e anche il proprio.

Quando guardo sono un cronista, quando penso sono uno scrittore. Così mi capita di comportarmi, anche ora.

La osservo andare via e questo è un dato di fatto. Ha già preso in mano le chiavi dell'auto, un gesto anticipatore e frettoloso, rivelatore dell'ansia di essere presto altrove. Ma è un gesto che non vedo, lo penso. Lo immagino.

Stanotte le scrivo e le farò, così, la proposta di incrociare le nostre due immaginazioni a un'ora precisa della sera, tra ventiquattro ore.

Ci troviamo domani, a metà strada di un pensiero.

Non so se succederà davvero.

Ma è già successo, nella mia mente.

Lei mi dà un bacio. Sulla guancia, come è giusto.

Sento chiudersi la porta di casa.

Nello stesso momento il mio respiro si fa più affannoso, regolare, ma veloce e affannoso.

Il medico mi ha detto che le crisi di panico possono

arrivare in qualsiasi momento, senza una ragione spiegabile.

Mi sbaglierò, ma stavolta mi sembra invece così banale e ovvio – cazzarola! – il perché di questo sudore freddo, di queste palpitazioni, di questa sensazione di vertigine.

31

«Fabiani, posso?»

«Oh, Giovanni, certo che puoi. Ti aspettavo.»

«Avrei finito quel lavoro che mi avevi chiesto di fare. È stato duro, ma anche molto bello. Devo ringraziarti. Mi hai fatto precipitare in un tempo che mi ha sempre affascinato, era il preferito del mio professore di storia e della più secchiona delle mie compagne di classe, che infatti mi ha aiutato.

Mi hai scaraventato in un episodio che, per la sua stessa natura, deve essere affrontato senza pregiudizi, senza schemi fissi. Ogni cosa si è rivelata più prismatica della sua apparenza, ogni significato degli eventi ne racchiudeva un altro che lo contraddiceva. Mi hai mandato a scuola di complessità, negli anni Quaranta. E io ci sono andato volentieri. Ho cercato di essere libero, anche dalle mie più profonde convinzioni. Quelle razionali e quelle istintive. Ho cercato di liberare il tavolo della mia mente, mi sembrava fosse il modo più corretto di assolvere al compito del quale mi hai investito.

Ho cercato, non mi viene verbo migliore. E ho convissuto con il dubbio, che è un compagno inquietante e generoso. Ogni volta che mi facevo una convinzione era un documento, una testimonianza, una carta venuta dal passato che mi portava a correggerla. Mi successe la stessa cosa vedendo una serie televisiva su Netflix, quella dedicata a San Patrignano. Mi era piaciuto, narrativamente, che lo spettatore fosse indotto non tanto a mutare opinione, ma ad aggiungere costantemente punti di vista e granelli di verità all'edificio delle convinzioni che già aveva e che si capisse subito che il racconto non era ispirato da un pregiudizio o da una verità preconfezionata, ma descrivesse il viaggio di chi lo aveva realizzato. Un percorso animato solo dal desiderio di sapere.

Sapere cercando, esiste un altro metodo?»

Mi fermo un momento, ho la sensazione di esagerare. Faccio un passo in direzione della finestra. Non voglio ubriacare di parole Fabiani, ma è con lui che voglio condividere le riflessioni che abbiamo fatto con Loredana in questi giorni.

Lei, me ne accorgo ora, è davanti al portone del giornale. La vedo dal vetro che guarda verso l'alto. Non credo abbia individuato dove sono. Mi basta sapere che Loredana è venuta qui per me e mi scappa un sorriso.

«Continua, Giovanni, mi interessa quello che stavi dicendo» mi scuote Fabiani.

«Sì, scusa. Ho pensato che il giornalista è uno speleologo, non un truccatore. Mio padre mi raccontava che quando lui era bambino veniva pubblicizzata, sui giornali a fumetti, una specie di orologio che riusciva a mostrare cosa c'era sotto i vestiti delle donne. Perdonami il riferimento scorretto, Fabiani, ma io vedo il nostro mestiere

– e perdonami anche se dico nostro – proprio come il guardare sotto, oltre, attraverso.

Ecco, io, precipitato da te al palazzo di Giustizia di Roma nella mattina del 18 settembre 1944, mi sono tolto gli occhiali su cui avevo accumulato tutte le convinzioni maturate in ventiquattro anni e ho cercato di scriverti un racconto innocente che assomigli a un viaggio. Nel tempo di quella mattina di follia, nella vita di Carretta, avanti e indietro, nei documenti dei processi, negli articoli di giornale, nei libri, nelle testimonianze che ho setacciato.

Ho cercato di calarmi negli umori e nelle sensazioni di quei giorni di rabbia e di transizione. Scusami la presunzione, ma nel fare questo lavoro ho cercato, come fa Javier Cercas, il "punto cieco", il "minuscolo luogo" attraverso il quale il lettore può scoprire la verità del racconto.

Non te l'ho scritto, volevo aggiungere questo pensiero usando la voce.

Sai per me qual è "il punto cieco" della vicenda di Donato Carretta?»

Fabiani smette di sfogliare le venti cartelle – saranno troppe? – che ho finito stanotte e che ho subito inviato a Loredana, ricevendo poco dopo – forse non dormiva neanche lei – una sincera, entusiastica approvazione. Si ferma su una pagina e alza la testa. Ha lo sguardo incuriosito, quello che preferisco in ogni essere umano.

«No, Giovanni. Qual è?»

«È l'assenza della voce di Carretta, il suo fragoroso silenzio. In tutte le cronache... credimi, in questi quindici giorni ne ho consultate tante... risultano poche cose. Sembra abbia detto: "Non fatemi del male" durante le prime colluttazioni e, alla Ricottini che gli urlava contro, abbia solo ribattuto, con voce flebile: "Ti ho tanto aiutata, Tagliaferri". Quando, miracolosamente, è riemerso cosciente dalle acque dove lo avevano gettato avrebbe solo detto, mentre cercava un appiglio: "Vi prego, aiutatemi".

Per tutta risposta quelli, dei tipi in costume da bagno e con la voglia di menare, lo hanno preso a colpi di remo e lo hanno finito.

Le cronache non riportano null'altro della sua voce.

Lo hanno additato come nemico, lui, il testimone dell'accusa contro l'aguzzino Caruso. Lo hanno aggredito, lui, che aveva vestito gli evasi antifascisti. Lo hanno picchiato, bastonato, gli hanno fracassato un occhio e il torace, lo hanno gettato nel fiume, lo hanno colpito anche lì. Fino a quel momento, a dispetto della violenza degli uomini, Donato Carretta era vivo, respirava, poteva salvarsi, tornare da sua moglie e dai suoi figli dopo una lunga degenza in ospedale. Carretta era vivo, dopo le botte, dopo il lancio da Ponte Umberto.

Vivo, non è incredibile? Ne volevano far salsiccia, del suo corpo, ma lui resiste, vivo. In questa scena, che è durata decine e decine di minuti, un vero calvario, si sente un unico suono. La folla gridava ogni cosa: "Uccidetelo", "Linciatelo", "Il popolo, il popolo", "Facciamo come in Francia", "Deve soffrire come hanno sofferto i nostri parenti", "Assassino, assassino", "Al fiume, al fiume"...

Tutti urlano, lui ha un filo di voce. Lo hanno lasciato solo, anche chi ha cercato di salvarlo.

Quando lo lanciano nel fiume non c'è il tenente Vescovo, non c'è Strazzera, non c'è Angelo Salvatori. È solo come un cane randagio. Avrà pensato ai suoi figli, a sua moglie, alla vergogna per quello che gli stava succedendo, ai vestiti scozzonati e la camicia di fuori, all'occhio che non vedeva, al sangue che zampillava.

Avrà pensato che forse lo avevano scambiato per Caruso, o forse no. Avrà pensato a Civitavecchia, alla profezia di Pesenti, alla bambina polacca sottratta alla deportazione, al sangue di Gracceva, a suo figlio nel lager, alle bandiere socialiste che sua moglie tesseva, al soprabito dato, insieme al lasciapassare, a due futuri presidenti della Repubblica, due capi dell'antifascismo italiano.

Lui da solo, decine di persone che lo uccidevano. Una lotta impari. Mussolini è a Salò, Hitler in qualche bunker. Lui no, lui lo hanno linciato ed esposto come un trofeo di caccia. Lo hanno insultato e lapidato.»

«Fermati su questa parola, Giovanni: lapidato. Anche io ho studiato in queste due settimane e sono andato a ritrovare un testo che mi aveva molto colpito, quando uscì: *Il "crucifige!" e la democrazia*.

Ora, è chiaro che non si possono paragonare Carretta e Gesù. Ma in entrambe le situazioni è stata la folla a decidere di ucciderli. In un caso perché un giudice tremebondo sottopose alla folla la scelta tra Gesù e un ladrone. Una forma aberrante, autoritaria e falsa di democrazia.

Nel caso del linciaggio di Carretta è invece la folla che si arroga il diritto di decidere la sorte di un uomo e lo giudica senza che possa difendersi, persino senza sapere chi sia e cosa abbia fatto davvero. È la folla che si fa potere, in tutti e due i casi. Sembra democrazia, no? Invece è arbitrio e disumanità, il contrario della democrazia. Quella vera.

Senti cosa dice Zagrebelsky.»

Fabiani prende un libretto bianco dell'Einaudi e comincia a leggermi:

«"Una folla di questo genere era per sua natura portata all'estremismo, alle soluzioni senza sfumature, prive di compromessi. Sfumature e compromessi, del resto, avrebbero richiesto la possibilità di confrontare e ponderare le posizioni, ciò che non fu possibile e nemmeno si volle. D'altronde, il quesito stesso che era stato posto aveva il medesimo carattere: la morte dell'uno o dell'altro.

[...] Qui si pone la domanda: se il popolo capace di agire è il popolo della democrazia e quello che subisce è il popolo delle autocrazie, quello chiamato soltanto a reagire è il popolo di quale forma di governo? Forse, conformemente all'etimo, il popolo della demagogia."

E poi aggiunge, a proposito della folla: "In sintesi: il popolo decidente sulla sorte di Gesù era una massa, con tutte le caratteristiche negative tipiche che a essa abitualmente e paradigmaticamente, e quindi anche schematicamente, si ascrivono. Di democrazia, in quel caso, si può parlare ma a condizione che si precisi: democrazia nella pessima delle sue versioni degenerative, il regime della folla informe ed emotiva, della plebe inconsapevole e irresponsabile".

Non vedo l'ora di leggere per bene queste tue note. Ottimo lavoro, Giovanni. Anche se, secondo me, sei stato fin troppo indulgente con il personaggio Carretta. In fondo non gliel'aveva ordinato il medico di fare il direttore di un carcere di detenuti politici e deve anche aver cinicamente chiuso gli occhi sulle violenze praticate dai suoi sottoposti. Poi sarà davvero cambiato, per mille e un motivo, ma quei torti non si cancellano. E gettano una luce fosca su una vita di chiaroscuri, come quella di tanti in quegli anni spietati. Nel mio cuore preferisco chi, in quel tempo, ha scelto, nettamente, di dire di no al regime fascista. Perché nei fatti di quegli anni non ci sono torti e ragioni che si equivalgano. Aveva torto chi ha privato gli italiani della libertà, aveva ragione chi l'ha restituita. Punto e basta. Ma proprio per questo la storia di Carretta è orribile e non va nascosta, né si devono trovare giustificazioni di sorta. Chi ama la libertà non può accettare che un uomo venga linciato e straziato in quel modo, senza un capo d'accusa, un processo, la possibilità di difendersi. Questo lo fanno i dittatori e i regimi. Il linciaggio di Carretta è quanto di più lontano dagli ideali e dalle regole della democrazia.

Comunque ho fatto bene a metterti alla prova. Posso dirti una cosa? Purché tu non ti offenda, però.

Mi ricordi il giovane Fabiani. La prima volta che misi piede in una redazione, che non era certo questa morta gora, mi brillavano gli occhi: mi piaceva il rumore, la concitazione, la fretta. Ora i giornali si fanno al rallentatore, tanto qualcuno ha dato la notizia certamente prima di te. Eppure sono ancora qui. E se gli altri fanno smart working, a me dovranno portarmi via con una ditta di traslochi.

Hic manebimus optime, altro che *Morituri te salutant*.

Forse finiranno i giornali con l'inchiostro, ma mai il mio, forse nostro, desiderio di sapere e la voglia di raccontare.

E tu hai tutti e due.

Quindi, sarai un ottimo giornalista. E un ottimo narratore.

Anzi, sai cosa ti dico, Giovanni?

Perché, con calma, non ne fai un libro, della storia di Donato Carretta?».

Bibliografia

Zara Algardi, *Il processo Caruso*, Darsena 1944.

Gino De Sanctis, *Il violino della Quinta Armata*, Feltrinelli 1961.

Rita Di Giovacchino, *Delitti privati*, Fazi 2007.

Umberto Eco, *La memoria vegetale e altri scritti di bibliofilia*, Bompiani 2011.

— *Sette anni di desiderio*, Bompiani 2000.

Federico Fellini, *Intervista sul cinema*, a cura di Giovanni Grazzini, Laterza 1983, 2004; con uno scritto di Filippo Tuena, Collana La Cultura n. 1302, il Saggiatore 2019.

Laura Gaiardoni (a cura di), *Giorni di gloria: un film. Mario Serandrei: gli scritti*, Centro Sperimentale di Cinematografia 1998.

Massimiliano Griner, *La banda Koch*, Bollati Boringhieri 2000.

Norman Mailer, *The Fight*, La Nave di Teseo 2022.

Aldo Natoli, Vittorio Foa, Carlo Ginzburg, *Il registro. Carcere politico di Civitavecchia (1941-1943)*, Editori Riuniti 1994.

Antonio Pesenti, *La cattedra e il bugliolo*, La Pietra 1972.

Gabriele Ranzato, *Il linciaggio di Carretta. Roma 1944. Violenza politica e ordinaria violenza*, il Saggiatore 1997.

Gianni Rodari, *Grammatica della fantasia*, Einaudi 1973.

Steno, *Sotto le stelle del '44. Un diario futile*, a cura di Tullio Kezich, Centro Sperimentale di Cinematografia 2017.

Amedeo Strazzera-Perniciani, *Umanità ed eroismo nella vita segreta di Regina Coeli*, Azienda Libraria Amato 1946.

Gustavo Zagrebelsky, *Il «crucifige!» e la democrazia*, Einaudi 1995.

Ringraziamenti

Per la scrittura di questo libro ho disturbato molte persone. Tutte voglio qui ringraziare. A cominciare dal professor Ranzato, che mi ha dato la possibilità di consultare molte delle carte sulle quali aveva lavorato per il suo saggio, e dalla dottoressa Antonella Pellecchia, consigliere della Corte di Cassazione che mi ha accompagnato, insieme al segretario generale Marco dall'Olio, nella visita dei luoghi dell'eccidio di Carretta. E poi Anna e Giancarlo Salvatori, figli di Angelo, la signora Carla, figlia dei coniugi Monaco, Roberto De Rose dell'Archivio di Stato, Chiara Poma della Casa della memoria di Roma, Rosella Bevelacqua della Biblioteca Europea, il presidente dell'ANPI Gianfranco Pagliarulo, Anita Valentini e Gian Luca Naso dell'ATAC, Alberto Crespi, Federica Battafarano, Giovanna Bosman, Barbara Jerkov, Antonio Areddu, il presidente del museo di via Tasso Domenico Parisella. Il romanzo si è giovato della lettura del professor Emilio Gentile, del professor Gabriele Ranzato e degli amici Giorgio, Pierluigi, Francesco.

Ringrazio poi Massimo Turchetta, Federica Magro, Gemma Trevisani, Chiara Morabito, Luisa Colicchio della Rizzoli, ai quali mi lega non solo un rapporto quasi trentennale di collaborazione, ma anche un legame di stima e di amicizia.

Un grazie sentito lo devo a Rosaria Carpinelli che mi segue con affetto da tanto tempo.

Finito di stampare nel mese di marzo 2024
presso Grafica Veneta – via Malcanton, 2 – Trebaseleghe (PD)

Printed in Italy